DIE KNICKERBOCKER BANDE

Thomas Brezina

SPUK IM STADION

Krimiabenteuer Nr. 63

Mit Illustrationen von Jan Birck

Ravensburger Buchverlag

DIE KNICKERBOCKER BANDE

STECKBRIEFE

HALLO,
ALSO HIER MAL IN KÜRZE
DAS WICHTIGSTE ÜBER UNS:

POPPI

NAME: Paula Monowitsch
COOL: Tierschutz
UNCOOL: Tierquäler, Angeber
LIEBLINGSESSEN:
Pizza (ohne Fleisch,
bin Vegetarierin!!!)
BESONDERE KENNZEICHEN:
bin eine echte Tierflüsterin –
bei mir werden sogar Pitbulls
zu braven Lämmchen

DOMINIK

NAME:
Dominik Kascha
COOL: Lesen, Schauspielern
(hab schon in einigen Filmen und
Theaterstücken mitgespielt)
UNCOOL: Erwachsene, die einen bevormunden
wollen, Besserwisserei (außer natürlich, sie kommt
von mir, hähä!)
LIEBLINGSESSEN: Spaghetti
(mit tonnenweise Parmesan!)
BESONDERE KENNZEICHEN:
muss immer das letzte Wort haben und kann so
kompliziert reden, dass Axel in seine Kappe beißt!

AXEL

NAME: Axel Klingmeier
COOL: Sport, Sport, Sport (Fußball und vor allem Sprint, bin Schulmeister, habe sogar schon drei Pokale gewonnen)
UNCOOL: Langweiler, Wichtigtuer
LIEBLINGSESSEN: Sushi … war bloß'n Witz (würg), also im Ernst: außer Sushi alles! (grins)
BESONDERE KENNZEICHEN: nicht besonders groß, dafür umso gefährlicher (grrrrrr!)

LILO

NAME: Lieselotte Schroll (nennt mich wer Lolli, werde ich wild)
COOL: Ski fahren, Krimis
UNCOOL: Weicheier, Heulsusen
LIEBLINGSESSEN: alles, was scharf ist, thailändisch besonders
BESONDERE KENNZEICHEN: blond, aber unheimlich schlau (erzähl einen Blondinenwitz und du bist tot …)

MICHAEL

NAME: Michael Funcke

COOL: Computer, Fußball, Sport

UNCOOL: lästern, andere ausschließen

LIEBLINGSESSEN: Pfannkuchen mit Nougatcreme

BESONDERE KENNZEICHEN: kennt sich super mit Computern aus und hilft oft seinem Vater am Rechner

Bibliografische Information Der Deutschen Bibliothek

Die Deutsche Bibliothek verzeichnet diese Publikation
in der Deutschen Nationalbibliografie;
detaillierte bibliografische Daten sind im Internet über
http://dnb.ddb.de abrufbar.

3 4 5 10 09 08 07

Umschlagillustration: Jan Birck
Printed in Germany
ISBN 978-3-473-47096-9

www.ravensburger.de
www.thomasbrezina.com
www.knickerbocker-bande.com

INHALT

DER KRAKE

Unter dem Stichwort *Krake* steht im Lexikon die Eintragung: *Kopffüßer mit acht Armen. Meeresbewohner. Gilt als intelligentestes wirbelloses Tier. Ausgeprägtes Lernvermögen und hervorragendes Gedächtnis.*

In der Welt der Gauner war der *Krake* der Deckname für jemanden, den niemand jemals zu Gesicht bekommen hatte. *Krake* lautete auch der Codename für das schreckliche Verbrechen, das er plante.

Aber war der *Krake* überhaupt ein er? Verbarg sich ein Mann hinter diesem Namen? Oder vielleicht eine Frau? Niemand wusste es.

Still und heimlich hatte der *Krake* mehr als ein Jahr das Vorhaben geplant. Es ging um Rache und Geld. Viel Geld, als Entschädigung, und sein Opfer sollte leiden.

Ähnlich wie die Kraken im Meer, die ihre Verstecke mit Steinen umgeben, um den empfindlichen weichen Körper vor Angreifern zu schützen, hatte der *Krake* sich einen Unterschlupf zugelegt. Einen fensterlosen Raum tief in der Erde. Er war nur mit einem Tisch, der aus einer Holzplatte und zwei aufklappbaren Metallböcken bestand, und einem Bürostuhl auf Rollen eingerichtet. Es roch nach feuchtem Beton und fauligem Wasser, aber das alles war nicht wichtig.

Vor sich auf dem Tisch hatte der *Krake* acht Fläschchen mit Stöpseln aus geschliffenem Glas, wie sie in den Regalen alter Apotheken zu finden sind. Jedes Fläschchen enthielt eine silbrig glitzernde Flüssigkeit, die an Quecksilber erinnerte. Sie war allerdings dünnflüssiger und leichter. Wie flüssige Watte.

Der *Krake* nahm ein Fläschchen nach dem anderen in die Hand und schwenkte es leicht. Die Flüssigkeit bewegte sich nur kurz und löste sich dann sofort in glimmernden Dampf auf, der das ganze Glas ausfüllte. Dieser wurde wieder flüssig, sobald das Fläschchen nicht mehr bewegt wurde.

Diese Substanz zu beschaffen hatte den *Kraken* anfangs vor ein schier unüberwindbares Problem gestellt. Denn sie stammte aus einem Labor, das in einem tiefen, unterirdischen Bunker lag und Tag und Nacht von bewaffneten Männern bewacht wurde.

Doch dann war alles ganz einfach gewesen. Einer der Chemiker, die dort arbeiteten, hatte aus Zorn darüber, dass ihm gekündigt worden war, heimlich etwas von der Substanz herausgeschmuggelt. Zufällig war dieser Chemiker ein alter Freund des *Kraken*. Aus Angeberei hatte er die Flüssigkeit gezeigt und prahlerisch geschildert, wie ungeheuer gefährlich es wäre, wenn sie in falsche Hände geriete.

Nachdem der *Krake* gegangen war, fehlte das Glas mit der Substanz. Der Chemiker suchte überall, fand es aber nicht. Natürlich fragte er den *Kraken* danach, stieß aber auf völliges Unverständnis und heftige Empörung. Wollte er den *Kraken* vielleicht eines Diebstahls bezichtigen? Da der Chemiker seinen Freund doch schon seit so vielen Jahren kannte, entschuldigte er sich zerknirscht. Nicht in einer Billion Jahre wäre er auf die Idee gekommen, belogen worden zu sein.

In dem fensterlosen Raum wurde ein unauffälliger dunkler Aktenkoffer auf den Tisch gelegt. Das Klicken der Schlösser beim Aufspringen hallte von den kahlen Wänden. Im Koffer lag eine violette Seidenrose und daneben ein schwarzes Band. Der *Krake* schnitt ein Stück davon ab, schlang es um den Stiel der Rose und band eine Schleife.

Traurig sah die Rose jetzt aus. Sehr traurig.

Der *Krake* erlaubte sich ein erstes kleines, zufriedenes Lächeln. Bald war das Ziel erreicht. Schon morgen würde es losgehen. Nachdem die Tat vollbracht war, würde der Deckname gelöscht und niemals wieder erwähnt werden. Niemand würde jemals erfahren, wer der *Krake* war. Der Plan schien perfekt. Er war bitterböse, gefährlich und grausam. Das aber musste so sein. Es gab einen Grund dafür. Einen guten Grund.

Eine gewisse Anspannung machte sich in dem *Kraken* breit. Wie Lampenfieber bei einem Star, bevor er auf die Bühne tritt.

HOCHSPANNUNG

Im Stadion herrschte Hochspannung.

Seit Wochen war das Finalspiel ausverkauft. Mittlerweile hatten sich vierzigtausend Fans auf den Rängen versammelt, die dem Anpfiff entgegenfieberten. Um Punkt zwanzig Uhr sollte es losgehen und das neu erbaute Stadion eingeweiht werden.

Hochspannung herrschte auch in den Umkleideräumen der Kicker. Beide Teams wurden von ihren Trainern noch mit Tipps und Hinweisen für die Spielstrategie versorgt.

Und Hochspannung herrschte in der Direktion des neuen Stadions, das erst vor drei Wochen fertig geworden war. Fast ein Jahr später als geplant.

„Stimmt das mit den Drohungen?“, wollte Poppi von Axel wissen, der mit allem ausgerüstet war, was ein echter Fan brauchte: Um den Hals hatte er einen Schal geschlungen, auf dem Kopf trug er eine Baseballkappe, in den Brusttaschen seiner Jeansjacke steckten Wimpel und in der Hand hielt er eine riesige Fahne – alles in den Farben seines Vereins Orange und Weiß.

Die Knickerbocker-Bande stand am Eingang eines streng gesicherten Bereichs und wurde von einem braun gebrannten Mann mit strengem Blick beobachtet. Der Mann hielt lässig den Hörer eines Telefons ans Ohr und trommelte mit den Fingern auf das Glas der Kabine, in der er seinen Dienst tat. Er war der Portier des Gebäudes, in dem sich die Umkleideräume der Spieler und die Empfangsräume für prominente Gäste befanden. Außerdem waren dort Lager und Schaltzentrale für die gigantische elektrische Anlage der Scheinwerfer, der riesigen Tafeln, auf denen die TV-Übertragung des Spieles verfolgt werden konnte, und der Beleuchtung der Tribünen, Treppen und Gänge untergebracht.

Axel hatte Poppis Frage überhört. Ungeduldig wippte er mit der Schuhspitze. Er wollte endlich ins Stadion. Den Beginn des Spiels zu versäumen wäre für ihn mindestens so schlimm gewesen, wie selbst mit dem Ball vor dem Tor zu stehen und danebenzukicken.

„Stimmt das mit den Drohungen?“, hakte Poppi nach. Sie kannte jedes Tier im Zoo beim Namen, Fußball interessierte sie aber nicht die Bohne. Sie war lediglich aus Neugier mitgekommen, weil im Fernsehen so viele Berichte über das neue Stadion gelaufen waren.

Widerwillig drehte sich Axel zu ihr. „Mamas Klassenkameradin redet nicht darüber. Mama hat sie gefragt, aber keine Antwort bekommen.“

Dominik spielte mit den Wimpeln unter seiner Jacke. Auf der linken Seite steckten orange-weiße, auf der rechten grün-blaue, die der gegnerischen Mannschaft. Er war für alle Fälle gerüstet. Zu Poppi sagte er: „Wenn jemand schweigt, kannst du davon ausgehen, dass es sich um Zustimmung handelt.“

Eine schwarze Limousine rollte heran und der Fahrer hupte ungeduldig, weil die Knickerbocker-Bande vor der Schranke stand.

„Mal langsam“, brauste Axel auf und erntete dafür einen strafenden Blick des Pförtners. Er hatte den Wagen sofort erkannt und zischte: „Zur Seite, aber flott!“

So ließ Axel nicht mit sich reden. „Das sage ich Rosanna!“, drohte er.

Der Pförtner schnaubte durch die Nasenlöcher. „Kannst du gerne. Sie wird es aber sicher auch nicht gut finden, dass du dem Besitzer der Firma, die das Stadion am großzügigsten sponsert, im Weg herumstehst."

Brummend trat Axel zur Seite und warf einen Blick durch die getönten Scheiben. Am Steuer saß ein grauhaariger Mann. Auf der Rückbank kauerte neben einem Herrn im dunklen Anzug ein Junge, der etwa so alt wie die vier Knickerbocker-Freunde war. Seine Jacke schien ihm zu groß zu sein, er hatte den Kopf tief in den Kragen gezogen.

Mit einem leisen Surren fuhr die hintere Fensterscheibe herunter. Ein rotes Gesicht kam zum Vorschein.

„Schranken hoch für unseren Ehrengast!", sagte der Herr im dunklen Anzug in einem Tonfall, der nach „Schaut mal, was hier für ein großer braver Junge kommt!" klang. Er deutete auf den Platz neben sich und der Junge machte sich noch ein Stück kleiner. „Das ist Michael Philip Wilhelm Funcke, der Gewinner unseres Wettbewerbs. Er darf sich in der Pause Autogramme von allen Spielern holen. Von den Spielern des FC Linnstatt, versteht sich." Der Mann zwinkerte dem Pförtner zu.

Axels Sympathie für den Jungen wuchs, da sie offensichtlich Fans ein und derselben Mannschaft waren. Gleichzeitig tat er ihm Leid, weil er bei diesem überheblichen Lackaffen im Wagen sitzen musste.

Vom Pförtnerhaus aus waren die gigantischen Maste zu sehen, die wie Brontosaurierhälse gegen den Abendhimmel ragten und an deren Spitze die größte Flutlichtanlage Europas angebracht war, die das Innere des Stadions selbst mitten in der Nacht taghell erleuchten konnte.

„Was ist denn das?" Dominik hatte ein Flackern des Lichts im Glas des Pförtnerhäuschens gesehen und sich zu den Flutlichtscheinwerfern umgedreht. Als er aufgeregt nach oben zeigte, drehten sich auch alle anderen Köpfe in diese Richtung.

Das war kein Ablenkungstrick, wie Lilo zuerst vermutet hatte. Tatsächlich stimmte etwas mit der Lichtanlage nicht. Zuerst wurde das Licht auf dem linken Mast schwächer, dann wieder stärker, dann wieder schwächer und wieder stärker. Danach flackerte das rechte Flutlicht einmal auf. Schließlich gingen die Lichter auf der anderen Seite des Stadions, von denen nur die oberste Spitze zu sehen war, kurz aus und wieder an.

Aus dem Stadion drang der überraschte Aufschrei tausender Leute.

Der rotgesichtige Mann in der Limousine wandte sich an den Pförtner: „Gehört das zum Programm? Man hat mir nichts davon gesagt."

Der Pförtner hob die Schultern und verzog ratlos das Gesicht.

„Ich rede gleich mit Trissener!", erklärte der Mann und es klang nicht nach einem angenehmen Gespräch. Die Schranke ging auf und der schwarze Wagen rollte weiter.

„Wir wollen auch zu Rosanna Trissener", erinnerte Axel den strengen Pförtner, der noch immer den Hörer in der Hand hielt. Ihm war anzumerken, wie nervig er die vier Knickerbocker fand.

„Die Chefin hat jetzt keine Zeit", knurrte er abweisend.

Poppi setzte ihr Engelsgesicht auf und sagte unschuldig lächelnd: „Ich bin ihr Patenkind, und für mich hat sie immer Zeit." Sogar zwei Tränen kullerten aus ihren Augen.

Mit einem Aufstöhnen tippte der Pförtner eine Nummer ein und schaltete das Telefon auf laut, weil er offensichtlich keine Lust mehr hatte, den Hörer ständig ans Ohr zu pressen.

Eine sehr gehetzte Stimme meldete sich: „Ja, Trissener?" Bevor der Pförtner noch etwas sagen konnte, schrie die Frau auf. Es war ein sehr entsetzter, erschrockener Schrei.

Die vier Knickerbocker wechselten einen schnellen Blick und stürmten gleichzeitig auf die große Glastür zu. Der Pförtner schrie ihnen etwas hinterher, aber sie kümmerten sich nicht darum.

VIOLETTE ROSEN IN GEFAHR

Die Halle hinter der Glastür war in Schneeweiß gehalten. Sie erinnerte Dominik an ein Krankenhaus. Axel hatte das Gefühl, er müsse hier seine ausgelatschten Sportschuhe ausziehen, um keine Abdrücke auf dem Boden zu hinterlassen.

Links und rechts führten breite Treppen in die oberen Stockwerke. Direkt vor ihnen begannen zwei lange Flure, die sich wie Stollen in das Innere des Stadions bohrten.

„Stadionleitung im ersten Stock!", rief Lilo und zeigte auf ein Schild neben der linken Treppe. Sie lief voraus und nahm immer zwei Stufen auf einmal.

Von einer ovalen Halle gingen sternförmig Gänge ab. Der Weg zur Direktion war auch hier gut beschildert und Lilo wusste sofort, in welche Richtung sie gehen mussten. Sie rannte mit großen Schritten den Gang hinunter, Axel dicht hinter ihr. Poppi und Dominik folgten in einigem Abstand.

Die elegante graue Holztür zum Büro der Stadionleitung stand offen. Dahinter befand sich ein großräumiges Büro mit einem grauen Teppichboden, aus dem der typische Neubau-Geruch kam. Es roch nach feuchtem Beton, Teppichkleber, Farbe und frisch ausgepackten Möbeln.

Lilo und Axel traten ein und sahen sich um. In dem weitläufigen Raum wirkten selbst der lange Schreibtisch und der runde Besprechungstisch mit zehn Stühlen klein. Die Wand hinter dem Schreibtisch wurde zur Gänze von einem Poster bedeckt, das eine Luftaufnahme des Stadions zeigte.

Dominik, der sich zwischen Lilo und Axel drängte, deutete auf den Schreibtisch. Dort lag ein schnurloses Telefon, aus dem das gleichmäßige Tuten des Besetztzeichens kam. Jemand musste es in Eile fallen gelassen haben.

Es gab zwei Verbindungstüren und beide standen offen. Poppi steckte vorsichtig den Kopf in einen viel kleineren Raum, der wahrscheinlich das Büro der Sekretärin war. Dominik fand hinter der zweiten Tür ein weiteres Büro. In beiden Räumen hielt sich niemand auf.

Aber wo war Rosanna Trissener? Was war nach dem Schrei mit ihr geschehen?

Langsam setzte Lilo Fuß vor Fuß. In ihr kribbelte das Gefühl, etwas Verbotenes zu tun. In diesem Büro hatte sie nichts zu suchen. Ihre Beine aber wollten unbedingt zu dem langen Schreibtisch, der nur aus einer Glasplatte und zwei x-förmigen Metallstützen bestand.

Auf der Platte herrschte wildes Durcheinander. Neben einem aufgeklappten Laptop lagen zahlreiche Briefe, auf denen zum Teil bunte Notizzettel klebten. Dazwischen lagen ein Füller, ein offener Lippenstift, ein Parfümfläschchen und eine Zange zum Aufbiegen der Wimpern.

Unter einem Stapel Fußballzeitschriften guckten ein paar Blätter heraus, die Lilos Aufmerksamkeit erregten. Das Papier war dunkelrot, die Buchstaben darauf waren golden. Das erste Wort lautete: *Tod.*

„Kommt jemand?", fragte Lilo Axel, der an der Tür zum Flur stehen geblieben war.

„Nein!"

Auch in den angrenzenden Büros war niemand erschienen.

Mit einer schnellen Handbewegung zog Lilo die roten Zettel heraus und starrte auf die Botschaft, die ihr golden entgegenglänzte.

Tod den violetten Rosen
Rache für das Blut der Ahnen
Strafe für den Hochmut
Ich werde kommen
Der schwarze Tod

Lilo schauderte und schluckte trocken. Mit spitzen Fingern zog sie das oberste Blatt zur Seite und las das zweite darunter:

Violette Rosen welken
Blut tropft von den Dornen
Kopf ab

Die Texte auf den übrigen drei Zetteln lauteten ähnlich. Dominik, der Lilos Betroffenheit bemerkt hatte, las nun ebenfalls die rätselhaften Briefe.

Ein Flackern auf der gegenüberliegenden Wand ließ die beiden Knickerbocker aufschrecken. Es kam von einem riesigen Bildschirm, auf dem ein grobkörniges, unscharfes Bild zitterte. Es war schwarz-weiß und zeigte einen ziemlich großen nüchternen Raum mit zahlreichen einfachen Schränken an den Wänden. Auf dem unteren Bildschirmrand war eine Nummer zu sehen: 90009.

Lilo und Dominik starrten den Bildschirm an, als

müsste im nächsten Augenblick etwas geschehen. Das Bild sprang um. Nun war die Eingangshalle zu sehen, durch die sie gerade gekommen waren. Sie war menschenleer. Kurz bevor die Einstellung erneut wechselte, huschte eine große Gestalt aus einem der Gänge in Richtung Treppe.

„Da kommt jemand", zischte Dominik und hastete zur Tür. Lilo wollte noch die Blätter zurückschieben. Doch die verhakten sich unter dem hohen Stapel Zeitschriften und knickten ein. Leise schimpfend versuchte Lilo die Zeitungen mit einer Hand hochzuheben, dabei gerieten sie ins Rutschen und fielen zu Boden.

„Raus, Tempo!", trieb Axel an, ständig zwischen Gang und Zimmer hin- und herblickend.

Aber Lilo konnte nicht einfach verschwinden. Sie wollte unbedingt den Schreibtisch genauso hinterlassen, wie sie ihn vorgefunden hatte. Auf allen vieren kroch sie über den Boden und raffte die Zeitschriften zusammen.

„Wer seid ihr? Was ist hier los?", hörte sie auf dem Gang eine Frauenstimme, die ärgerlich und streng klang.

„Äh … wir … wir suchen Frau Trissener." Axel sprach langsam und gedehnt, um Zeit zu gewinnen.

Lilo dankte ihm im Stillen und packte die Zeitschriften auf den Schreibtisch zurück. Dass die dunkelroten Papiere dabei zerknitterten, kümmerte sie nicht mehr. Hauptsache, sie waren wieder unter den Magazinen.

„Das bin ich. Aber wer hat euch hereingelassen?"

„Also ... viele Grüße von meiner Mutter. Klingmeier heißt sie", fuhr Axel fort.

Die Frau wurde eine Spur freundlicher. „Ach, du bist wohl Helgas Sohn. Du willst das Match sehen."

„Genau. Und das sind meine Freunde Dominik und Poppi und ..."

Betont gelassen schlenderte Lilo aus dem Büro und trat vor eine Frau, die sie um mindestens drei Köpfe überragte. Sie konnte sich nicht erinnern, schon jemals eine so große Frau gesehen zu haben. Über das Jackett eines strengen grauen Anzugs, wie ihn sonst Männer tragen, hatte sie ein pinkfarbenes Schultertuch geworfen.

Aus einer dick umrahmten Brille traf Lilo ein prüfender Blick.

„Was hast du in meinem Büro zu suchen gehabt?", herrschte Frau Trissener sie an.

Lilo zog die Nase hoch und wischte sich mit dem Handrücken sehr unfein darüber. „Taschentuch wegwerfen", näselte sie. „Oder soll ich das verrotzte Ding in der Hand behalten. Machen Sie das?"

Die große Frau war von der Frage völlig überrascht und musste kurz überlegen.

Poppi fielen die flachen, sehr großen Schuhe auf, die sie trug.

Ein junger Mann kam die Treppe heraufgerannt. Er sprang in riesigen Sätzen durch den Gang, bis er vor der Leiterin des Stadions stand.

„Chefin!“, begann er außer Atem.

„Reden Sie mich nicht so an!“, schnauzte sie ihn an.

„Frau Trissener“, verbesserte er sich und schob eine lange Locke aus seiner Stirn. Für Axel fiel er in die Kategorie Lackaffe, Lilo fand den Typ niedlich.

„Wegen des ...“, setzte er an.

„Später“, schnitt sie ihm das Wort ab. „André, bringen Sie den Jungen und seine Freunde in meine Loge.“

Mit strenger Miene wandte sie sich an die Bande, den Zeigefinger mahnend erhoben: „Falls ihr Ärger macht, fliegt ihr raus. Verstanden?“

Dominik legte eine Hand auf den Rücken, die andere auf den Bauch und verneigte sich wie der perfekte Gentleman.

„Gnädige Frau, wir werden Ihnen keine Schande machen.“

Poppi hatte Frau Trissener die ganze Zeit mit großen Augen gemustert. Jetzt stieß sie Lilo mit dem Ellbogen in die Seite und fragte flüsternd, aber auch für Frau Trissener hörbar: „Der Schrei! Wieso hat sie vorhin so geschrien?"

Aus dem unteren Stockwerk drangen zahlreiche Stimmen und Schlachtrufe von Fußballfans. Die Geräusche wurden wieder leiser, eine Tür schien auf- und zugegangen zu sein.

„Bringen Sie die vier in die Loge", wiederholte Frau Trissener und eilte in Richtung Treppe davon. Die vier Knickerbocker sahen ihr fragend nach.

„Nur noch fünf Minuten bis zum Anpfiff", erinnerte André und tippte Lilo auf die Schulter. „Wir sollten los."

Lilo schenkte ihm ein strahlendes Lächeln. „Gibt es hier Probleme?", fragte sie ganz beiläufig.

André lächelte genauso künstlich zurück. „Geht euch das was an?"

Axel hatte gut Lust zu antworten: Ja, denn wir sind die Knickerbocker-Bande und zur Stelle, wenn etwas abgeht. Er ließ es aber bleiben.

VERSCHLOSSENE GESICHTER

André führte die vier Knickerbocker zu einer auf Hochglanz polierten Lifttür, die sich auf Knopfdruck öffnete. Damit der Lift sich aber in Bewegung setzte, musste André eine Plastikkarte an ein Lesegerät halten. Danach drückte er den Knopf mit der Nummer drei und die Liftkabine fuhr los.

Zwischen den Freunden und dem jungen Mann herrschte gespanntes Schweigen. Seine wachen braunen Augen taxierten die vier Besucher. Lilo versuchte an Andrés Gesicht abzulesen, was in seinem Kopf vorging, doch der schien eine unsichtbare Maske zu tragen, durch die nichts drang.

„Wir haben Frau Trissener schreien gehört", platzte Axel heraus.

André wandte sich ihm zu und blieb völlig ruhig.

„Aha“, sagte er nur.

Dominik legte den Kopf zur Seite. „Es gibt Gerüchte über Drohungen, die das Stadion betreffen. Es scheint etwas Wahres daran zu sein, denn auf Frau Trisseners Schreibtisch liegen Briefe, in denen sogar der Tod von Leuten angekündigt wird.“

Andrés Lippen schienen zu einem überheblichen kleinen Lächeln eingefroren zu sein.

„Ach, ist das so?“

Poppi wurde unruhig. „Besteht Gefahr für das Stadion? Ich meine, hier sind doch so viele Menschen. Wenn hier etwas explodiert oder so?“

Zum ersten Mal veränderte sich Andrés Gesichtsausdruck.

„Sag das nicht noch einmal!“, warnte er Poppi scharf. „Wir können hier heute wirklich keine hysterischen Gänse gebrauchen, die alle verrückt machen. Es ist schon genug Dreck auf Frau Trissener und das Stadion geschleudert worden.“

Poppi presste sich mit dem Rücken an die Liftwand und starrte André mit großen erschrockenen Augen an. Erst als er zu Ende geredet hatte, richtete sie sich auf und kniff kampfeslustig die Augen zusammen. „Falls Sie die Gans als Schimpfwort meinten, so haben Sie mir ein Kompliment gemacht.“ Sie setzte an, André alle Vorzüge und Qualitäten einer Gans aufzuzählen, die sie als Tierfreundin natürlich kannte, als der Lift das dritte Stockwerk erreichte und sich öffnete.

„Was für eine Idee, euch in die Direktionsloge zu setzen“, murmelte André kopfschüttelnd.

Lilo konnte sich kein Bild von André machen. Hinter der modischen Frisur, dem teuren Anzug und den Schuhen, die mit Metallplättchen beschlagen waren, die bei jedem Schritt ein klickendes Geräusch erzeugten, steckte jemand, der alles sein konnte: freundlich, fröhlich, locker und gleich darauf eiskalt, abweisend und glatt.

André zog die Plastikkarte abermals über ein graues Kästchen an der Wand, worauf die Tür vor ihnen nach einem kurzen Summen aufsprang. Die vier folgten dem Assistenten von Frau Trissener in einen abgetrennten Bereich in der Mitte der Zuschauertribüne. Von hier sah Axel genau auf die Mitte des Spielfeldes. Eine bessere Sicht konnte er nicht haben.

Poppi kam das gefüllte Stadion wie das Gewimmel auf einem Ameisenhaufen vor. Das Tröten von Hupen schallte da und dort, Sprechchöre wurden angestimmt, brachen aber schnell wieder ab, und obwohl das Spiel noch nicht begonnen hatte, schwenkten Fans bereits Fahnen ihrer Mannschaft.

Durch eine halbhohe Brüstung war eine zweite viel größere Loge abgetrennt, in der Damen und Herren standen oder saßen und sich angeregt unterhielten. Sie trugen dunkle Anzüge, schicke Kleider und Kostüme, und fast alle hielten langstielige Sektgläser in der Hand und prosteten sich zu.

Dazwischen, unbeachtet von den noblen Gästen, kauerte der Junge, den die Knickerbocker beim Pförtner in der dunklen Limousine gesehen hatten, auf einem Stuhl. Ihm war anzusehen, dass er sich in dieser Gesellschaft unwohl fühlte.

Der rotgesichtige Mann, der ihn begleitet hatte, bemerkte André und rief ihm zu: „Wo ist die Trissener? Wie lange lässt sie uns noch warten?"

André zeigte sich auf einmal unterwürfig und war betont höflich. „Nur einen Moment Geduld, Herr Bannmorger, Frau Trissener ist bereits unterwegs. Heute ist ein großer Tag für uns alle, wie Sie sich denken können."

Dominik sah den Mann über den Rand seiner Brille an. Der Name Bannmorger kam ihm bekannt vor. Da er in allen Zeitungen und Zeitschriften blätterte, die ihm in die Hände fielen, fand er in einer hinteren Ecke seines Gehirns auch die nötige Information: Bannmorger war der Besitzer der Getränkefirma *Bonno*, deren Schriftzug überall im Stadion

angebracht war. Energielimonaden hatten ihn zum Multimillionär gemacht.

Bannmorger klopfte seinem Gesprächspartner, der wesentlich kleiner war und Dominik an ein Erdmännchen mit Haarausfall erinnerte, auf den Rücken.

„Na, guter Freund Erdeltal? Wird die Bude auch standhalten?“ Herr Bannmorger deutete mit einer ausladenden Handbewegung auf die Ränge des Stadions. „Ist wohl heute die Belastungsprobe!“ Wieder lachte er, als hätte er den besten Witz aller Zeiten gemacht.

Axel stand am Geländer, hatte die Hände aufgestützt und sah hinunter auf den frisch gemähten Rasen des Spielfeldes, der so saftig grün leuchtete, als wäre er frisch gestrichen worden. Seine Augen wanderten zu den langen Metallstützen, auf denen wie eckige Trauben die Flutlichtscheinwerfer hingen. Das Licht, das sie abstrahlten, blinkte nicht mehr.

„Lilo“, sagte Axel, während er noch immer zu den Scheinwerfern hochsah, „das Blinken vorhin …“

„Ja?“ Lilo hatte sich neben ihn gestellt und musterte ebenfalls interessiert die Flutlichtanlage.

„Das war wie unsere Blinkzeichen. Findest du nicht?“

„Blinkzeichen?“ Lilo lachte. „Das war ein Scherz, oder?“

„Nein!“ Axel ärgerte sich, weil Lilo ihn nicht ernst nahm. „Das war nicht so wie bei einer Stromschwankung oder einem Stromausfall. Oder wenn eine Sicherung durchbrennt. Das hat ausgesehen, als wäre es Absicht.“

André hatte aus der Tasche seiner dunklen Hose ein Funktelefon gezogen und tippte eine Nummer ein.

„Kurze Frage“, wandte sich Lilo an ihn. „War das

Blinken der Flutlichtanlage vorhin geplant? Sind das so Lichtspiele?“

Die großen braunen Augen sahen Lilo an, als hätte sie soeben versucht, ein chinesisches Gedicht aufzusagen.

„Bitte was?“ André ließ das Telefon sinken. „Was soll der Quatsch? Was seid ihr? Mini-Spione? Oder Fantasy-Kids, die hinter jedem Schluckauf gleich die Sprache der Außerirdischen wittern?“

Es reizte Lilo, diesen André, den sie mittlerweile auch für hochnäsig hielt, über die erfolgreich gelösten Fälle der Knickerbocker-Bande aufzuklären, aber sie kam nicht dazu. Auf dem Spielfeld liefen die beiden Mannschaften ein, und im Stadion erhob sich ohrenbetäubender Jubel, Getute, Hupen und Gejohle.

In weniger als einer Sekunde wurde aus Axel ein grölender Fan, der versuchte, Fähnchen und Kappe gleichzeitig zu schwenken.

In diesem Augenblick traf Frau Trissener in der Ehrenloge ein, nahm ein Sektglas vom Tablett einer der Bedienungen und begrüßte die Damen und Herren. Lilo beobachtete sie verstohlen aus den Augenwinkeln.

Ohne sich zu verabschieden, verließ André die Loge der Bande, tauchte aber nicht in der Nebenloge auf.

Herr Bannmorger verhielt sich schlimmer als die treuesten Fans und versuchte dem Jungen damit zu imponieren. Der Arme wurde immer kleiner auf seinem Sitz und wünschte sich eindeutig weit fort.

„Das ist Michael Philipp Wilhelm Funcke", stellte Bannmorger ihn Frau Trissener schreiend vor, die ihm mit säuerlichem Lächeln die Hand schüttelte, sich dabei aber schon dem nächsten Gast zuwandte. Auf einmal aber hatte sie offensichtlich eine Idee. Sie deutete in die Loge der Knickerbocker-Bande, während sie dem Jungen etwas zurief. Dieser nickte, stand auf und wurde von Trissener in Richtung der Abtrennung geschubst, über die er bequem steigen konnte.

„Hallo", begrüßte ihn Lilo. „Willkommen auf der Rettungsinsel!"

Der Junge lächelte dankbar.

„Muss man wirklich Michael Philipp Wilhelm zu dir sagen?", wollte Dominik wissen.

„Wehe, du nennst mich so", knurrte der Junge. „Michael reicht, klar?"

„Klar!" Dominik grinste breit. „War nur Spaß und kein Grund für einen Ausbruch."

Lilo stellte sich und die anderen vor. Axel winkte nur kurz, ohne den Blick vom Spielfeld zu nehmen. Der Anstoß stand bevor, und den wollte er nicht versäumen.

Das Mädchen im beigen Hosenanzug, das den Ehrengästen die Getränke servierte, näherte sich Frau Trissener und reichte ihr einen Umschlag. Es war ein länglicher weißer Umschlag aus billigem Papier. Um verstehen zu können, was Frau Trissener zu dem Mädchen sagte, schob sich Lilo noch näher an die Abtrennung heran.

„... von wem?“, hörte sie die Stadionleiterin leise fragen.

„... von niemandem. Hat an der Flasche geklebt, aus der ich eingeschenkt habe.“

Die Finger von Frau Trissener zitterten, als sie den Umschlag aufriss und ein gewöhnliches Blatt Papier herauszog. Ihre Augen überflogen, was dort geschrieben stand. Als sie das Blatt sinken ließ, bebte ihre Unterlippe, als wäre ihr kalt. Mit einer Hand zerknüllte sie das Papier zu einem Ball, den sie an die Brust presste. Als sie Lilos prüfenden Blick bemerkte, zwang sie sich zu einem Lächeln.

Was war jetzt geschehen?

DAS RENNENDE GERIPPE

So zornig hatte Lilo Axel bisher nur gesehen, wenn ihn jemand Schrumpfkopf, Zwerg oder halbe Portion nannte. Axel war kleiner als die meisten seines Alters und hasste es, deswegen verspottet zu werden.

In der Pause des Finalspieles kochte Axel vor Wut, weil seine Mannschaft zwei Tore im Rückstand lag. Die Treffer der Gegner hätten wirklich leicht verhindert werden können, aber José Gómez, der spanische Torhüter, hatte total versagt.

„Hast du von dem nicht ein Poster in deinem Zimmer hängen?“, fiel Lilo ein.

Axel schnaubte. „Schon heute Abend ist es Konfetti, darauf kannst du dich verlassen. Der schläft ja im Tor. Die Grün-Blauen müssen ihn bestochen haben. Der lässt die Bälle absichtlich rein.“

Michael dachte ähnlich wie Axel.

„José ist einer der besten Torhüter der Welt. Heute scheint sein Zwillingsbruder zu spielen, der von Fußball keine Ahnung hat."

„Die Mannschaft besteht aus elf Spielern, und die anderen haben auch kein Tor geschossen", konnte sich Dominik nicht verkneifen anzumerken.

„Die waren geschockt, weil José total versagt. Es gibt nicht einmal Ersatz für ihn. Weil doch keiner denkt, dass er im Tor ein Nickerchen hält."

„Junger Freund, hallo!" Herr Bannmorger winkte Michael überheblich zu. „Jetzt ist es so weit, du darfst dir die Autogramme von den Spielern holen. Wir treffen sie unten in den Umkleideräumen."

„Dort wird jetzt dicke Luft herrschen", vermutete Poppi.

„Kommt ihr mit?", fragte Michael.

Axel war von dem Vorschlag begeistert.

„Das geht nicht", winkte Herr Bannmorger sofort ab. Michael zuckte bedauernd mit den Schultern.

„Alles absolut im grünen Bereich", versicherte ihm Axel.

Die Gesellschaft der Ehrengäste begab sich während der Pause in einen angrenzenden Saal, wo ein kleiner Imbiss vorbereitet war. Als Letzte blieben noch Frau Trissener und das Erdmännchen mit

Haarausfall zurück. Beide wandten der Knickerbocker-Bande den Rücken zu.

„Das ist wirklich die Höhe!“, empörte sich Frau Trissener und fuchtelte Herrn Erdeltal mit dem Papierball vor der Nase herum. „Bestimmt kennen Sie den Verfasser dieser völlig kranken Schreiben.“

Lilo bedeutete den anderen, sich still zu verhalten und am besten hinter der halbhohen Trennmauer in Deckung zu gehen. Sie wollte unbedingt mehr über die geheimnisvollen Briefe erfahren.

Herr Erdeltal hatte eine tiefe, kraftvolle Stimme, die so gar nicht zu seinem dürren, vertrockneten Äußeren passte.

„Was steht drin?“, fragte er knapp und schroff.

Frau Trissener entfaltete das Blatt und las vor. „Warnung: Erdeltal hat Leichen im Keller hinterlassen. Überzeugen Sie sich.“

„Das ist ein Fall für die Polizei“, brauste Erdeltal auf. An seiner Schläfe schwoll eine Ader dick an und sein Kopf sah aus wie ein mit Blut gefüllter Ballon.

„Das hier zeige ich bestimmt nicht an“, sagte Frau Trissener mit gesenkter Stimme. „Sonst geht die Sache an die Presse und morgen steht wieder alles in der Zeitung. Schlimm genug, dass jemand über diese ersten verblödeten Briefe etwas an einen Reporter weitergegeben hat.“ Sie holte schnaubend Luft. „Wenn ich den Mistkerl ausfindig mache, dem ich das zu verdanken habe, fliegt er hier raus."

Erdeltals Lippen waren nur noch ein dünner Strich. Den Oberkörper neigte er nach hinten, als wollte er so weit wie möglich von Frau Trissener Abstand nehmen, ohne einen Schritt zurückzugehen.

„Was haben Sie zu verbergen, Herr Erdeltal?" Frau Trissener klang wie eine strenge Erzieherin im Internat. „Wieso muss ich ausbaden, was Sie hier ganz offenbar angerichtet haben?"

„Hören Sie bitte mit diesen Unterstellungen auf!", brauste Erdeltal am ganzen Körper bebend auf. Sein dünner Anzug schlotterte um die mageren Arme und Beine. „Ich verklage Sie wegen Rufschädigung."

Die beiden Streitenden hatten noch immer nicht bemerkt, dass sie belauscht wurden. Sie vertrauten wohl darauf, dass ihr hitziges Gespräch im Pausenlärm des Stadions unterging.

Erdeltal stand auf den Zehenspitzen, um neben der riesigen Frau Trissener nicht so klein zu wirken.

„Hören Sie, ich kenne einige Leute, denen es ganz und gar nicht passt, dass Sie hier die Leitung übernommen haben. Sie sollen alles darangesetzt haben, damit der Bürgermeister Ihnen den Job gibt. Soll ich Ihnen verraten, was da so geredet wird?"

„Nein!" Trissener schrie fast. Sie hatte sich aber

sofort wieder unter Kontrolle, schleuderte dem Bauunternehmer einen hasserfüllten Blick zu und schritt energisch davon. Zurück blieb ein Mann, der noch kleiner und vertrockneter aussah als zu Beginn des Gespräches. Auch er verließ die Loge der Ehrengäste.

Hinter der niedrigen Mauer erhoben sich die vier Knickerbocker und wechselten fragende Blicke.

„Hier stinkt's gewaltig", stellte Axel fest.

„Versuch es einmal mit Füße waschen", schlug Dominik grinsend vor und erntete dafür einen Ellbogenstoß. „Konnte auf den Witz nicht verzichten", erklärte er. „Du hast mich einfach zu heftig gereizt."

Axel hatte Durst, Poppi musste auf die Toilette. Die beiden verließen gemeinsam die Loge. Poppi hatte die Toilette schnell gefunden, Axel wollte sich etwas zu trinken aus dem kleinen Saal besorgen, in dem die feinen Herrschaften standen und schmausten.

Auf langen weißen Tafeln türmten sich Häppchen, Kuchen und andere Köstlichkeiten. An einer Bar wurden Getränke ausgeschenkt. Axel bat um eine Flasche *Bonno*-Limo für sich und seine Freunde. Auf dem Rückweg beobachtete er, dass Frau Trissener André hinter eine Stellwand winkte, wo sich in Körben schmutziges Geschirr türmte. Er schlich näher an die beiden heran, ging dann in die Knie und tat so, als würde er sich die Schnürsenkel zubinden.

Die beiden sprachen sehr leise. Axel verstand nur Wortfetzen, aber die genügten.

Trissener redete von dem „rennenden Gerippe“, das André ausfindig machen und schnappen sollte.

„Sie haben doch den Sicherheitsdienst alarmiert?“, fragte sie zischend.

André schien von ihr sehr genervt. „Natürlich habe ich das. Gleich vorhin, als Sie dieses Gerippe gesehen haben. Die Wachleute haben überall nachgeschaut. Es befindet sich im Haus keine einzige Person ohne Zutrittsberechtigung und schon gar kein rennendes Gerippe.“ Nach einer Pause fragte er mitfühlend. „Chefin, die Eröffnung war eine Anstrengung der heftigen Art. Kann es sein, dass Ihnen die Nerven …“

Trissener schnitt ihm wütend das Wort ab. „Halten Sie den Mund und tun Sie Ihre Arbeit.“

Schnell erhob sich Axel und ging hinter drei wichtig aussehenden Herren in Deckung. Im Schatten einer sehr schwergewichtigen Dame bewegte er sich auf den Ausgang zu.

Ein rennendes Gerippe! Das also hatte Frau Trissener so erschreckt. Aber was sollte das sein? Ungern gab Axel diesem gelackten André Recht. Aber die ganze Sache hörte sich an, als wäre Frau Trissener einfach etwas überdreht.

Mit einem Fußball unter dem Arm kehrte Michael vom Besuch beim orange-weißen Team zurück.

„Haben alle unterschrieben?“, wollte Axel wissen.

Michael schüttelte den Kopf. Ihn schien etwas zu beschäftigen.

„Was war denn?“ Axel hätte am liebsten alle Informationen aus Michael herausgeschüttelt.

„Die hatten Krach in der Garderobe. Und wie. Als wir vor der Tür gestanden haben, habe ich sie drin schreien gehört.“

Dominik deutete auf die Anzeigetafel, auf der in meterhohen Zahlen die Schande der orange-weißen Mannschaft leuchtete. Ihn wunderte es nicht, dass es zwischen den Spielern krachte.

„Bestimmt sind sie auf José losgegangen“, sagte er.

„Nein!“ Michael drehte den Ball zwischen den Händen. „Er war gar nicht in der Garderobe. Dieser Limo-Typ ist mit mir hinein, und die haben uns angestarrt, als würden wir ihnen Stinkbomben servieren.“ Er deutete auf die dunklen Striche, die auf den weißen Flächen des Fußballs waren. „Die haben ihre Unterschriften nur irgendwie draufgekritzelt. Sie wollten mich einfach nur loswerden. Keiner hat was zu mir gesagt. Sogar dem Limo-Onkel war das peinlich.“

„Und was war mit José Gómez?“ Axel sah sich die

Autogramme auf dem Ball genauer an. Er musste Michael Recht geben. Die meisten waren nicht lesbar.

„Der dreht durch!"

Lilo, die ihre Nasenspitze knetete, weil das angeblich die Gehirnzellen zum Denken anregte, sah auf. „Was heißt das?"

„Er war in einem Nebenraum. Ich glaube, in der Dusche. Dort kam er heraus. Angezogen. Also in Jeans und T-Shirt." Vor Michaels Augen spielte sich der Vorfall noch einmal ab. „Der Trainer hat gerufen, er solle stehen bleiben, aber José ist gerannt, als wäre der Teufel hinter ihm her."

Auch Poppi und Dominik hörten gespannt zu.

„Gómez ist weg. Er spielt nicht mehr. Er ist an uns vorbei, und der Limo-Onkel hat ihn am Arm gepackt und war nicht nett zu ihm. Ich glaube, der zahlt viel Geld für das Team."

Unten auf dem Rasen liefen die Mannschaften wieder ein. Axel beugte sich vor und hielt Ausschau nach José Gómez, der aber nicht dabei war.

Eine Lautsprecherdurchsage schallte durch das Stadion und verkündete, dass in der zweiten Spielhälfte ein Ersatzspieler im Tor der orange-weißen Mannschaft stehen würde. Das Publikum quittierte diese Nachricht mit lautem Murren, Pfiffen und enttäuschten Rufen.

In der Ehrenloge polterte Herr Bannmorger herum. Es sah zuerst aus, als würde er ein Selbstgespräch führen, dann aber sah Dominik den winzigen Köpfhörer mit eingebautem Mikrofon, den er an das Ohr gesteckt hatte.

„Gómez fliegt, ich zahle diesem Blödmann doch nicht Millionen, damit er zuerst wie ein Anfänger spielt und dann wegrennt!"

Als Bannmorger die Blicke der Knickerbocker-Bande bemerkte, wandte er sich ab und sagte ruhiger: „Ich will Sie sprechen. Nach dem Match."

Die aufregendste Neuigkeit hatte Michael noch gar nicht loswerden können.

„José hat etwas in der Hand gehalten. Er war ganz blutig, weil er sie so fest gedrückt hat."

„Sie?", hakte Lilo nach.

Michael nickte. „Eine violette Rose, um die ein schwarzes Band gewickelt war. Wie auf dem Friedhof bei einem Begräbnis."

„Violette Rose?", sagten Lilo und Dominik gleichzeitig.

ES GEHT NIX ÜBER LILOS TRICKS

Von der zweiten Halbzeit des Finalspieles bekam Lilo nichts mit. Unermüdlich knetete sie ihre Nasenspitze.

„Du hast bald eine Clownsnase", warnte Poppi sie scherzhaft.

Für Axel war das Match wichtiger als jeder Fall. Gebannt verfolgte er das Spielgeschehen, fieberte mit, schrie und tobte, wenn eine Torchance nahte, und heulte enttäuscht auf, wenn der Ball dann doch nicht im Netz landete.

Es war kein Fußballabend, wie man ihn sich zur Eröffnung eines neuen Stadions gewünscht hätte. Das Spiel wurde von den Anhängern als „müde Kiste" bezeichnet, die Spieler ernteten mehr Buh-Rufe als Lob. Außerdem waren bestimmt drei Viertel der Zuschauer Fans der Orange-Weißen, die alles andere als eine Glanzleistung geliefert hatten.

Michael wandte sich an Dominik und wollte von ihm wissen, was mit Lilo los war und warum sie so gar kein Interesse für das Spiel zeigte. Dominik warf Lilo einen fragenden Blick zu und deutete mit den Augen unauffällig zu Michael. Lilo verstand seine Frage. Er wollte wissen, ob Michael die Wahrheit erfahren durfte. Dazu aber kannten sie ihn nicht lange genug und deshalb schüttelte Lilo unmerklich den Kopf.

„Ach, es gibt da so einiges, das Lilo Kopfzerbrechen bereitet", antwortete Dominik ausweichend.

Das Spiel endete in der regulären Zeit unentschieden. Da es aber nur einen Meister geben konnte, folgte ein Elfmeterschießen. Unter dem offenen Dach des Stadions knisterte wieder die Spannung und der Abend schien doch noch aufregend zu werden.

„Keine Chance", jaulte Axel verzweifelt. „Ohne José haben wir keine Chance."

Herr Bannmorger stand steif und mit einem Gesicht wie aus Granit etwas abseits in der Ehrenloge. Finster starrte er auf den Platz.

In einer hinteren Reihe kauerte Frau Trissener zusammengekrümmt, als hätte sie Bauchschmerzen. Herr Erdeltal hatte keine Augen für das Match, sondern brütete nur finster vor sich hin. Die übrigen

Ehrengäste aber wurden immer ausgelassener, fingen an zu singen und probten sogar eine Welle.

Vier Elfmeter waren bereits geschossen, doch davon war erstaunlicherweise noch kein einziger ins Tor gegangen. Mit jedem verfehlten Schuss stieg die Stimmung im Publikum. Plötzlich sprang Lilo auf und trat dicht an Herrn Bannmorger heran, von dem sie nur durch die niedrige Mauer getrennt war.

„Es ist absolut gemein. Meine Tante wird darüber in der Zeitung schreiben!“, schimpfte sie los.

Das rote Gesicht des Mannes drehte sich zu ihr. Einen Moment sah es aus, als würde Bannmorger ihr eine Ohrfeige verpassen. Er schien sich dann aber zusammenzureißen und zuckte nur verständnislos mit der Schulter.

„Was redest du da? Wer bist du überhaupt? Lass mich in Frieden!“

Lilo dachte nicht daran. Sie zeigte auf Michael. „Er hat gewonnen. Beim Preisausschreiben von *Bonno*. Ich habe auch mitgemacht, aber nichts gewonnen.“

Die übrigen Mitglieder der Knickerbocker-Bande horchten auf. Lilo redete so trotzig und quengelig wie sonst nie.

„Der erste Preis war ein Fußball mit *allen* Unterschriften des Teams. Mit *allen*. Von den Spielern persönlich gegeben. Mit Besuch bei der Mannschaft. Ich weiß es genau. So hat es auf den Teilnehmerkarten gestanden. Ganz genau weiß ich das."

Mittlerweile waren auch einige der Ehrengäste aufmerksam geworden, weil Lilo so laut sprach. Bannmorger wurde die Situation langsam unangenehm.

„Halt den Mund", zischte er Lilo zu.

„Sie wollen mich schlagen!" Lilo wich zurück. „Das sage ich auch meiner Tante. Sie wird über Sie schreiben. Über solche wie Sie schreibt sie besonders gern, um Sie fertig zu machen. Sie und Ihr Zuckerwasser." Sie schüttelte sich mit gespieltem Ekel. „Ich mag das Zeug nicht, und Sie sind ein Betrüger, weil Michael kein Autogramm von José Gómez hat, und außerdem waren die anderen Spieler gemein und haben den Ball nur angeschmiert."

Hilfe suchend sah sich Bannmorger nach Frau Trissener um, die sich bereits erhoben hatte und sich aus der Reihe schob. Lilo fürchtete, von ihr hinausgeworfen zu werden, bevor sie erreicht hatte, was sie wollte. Laut nannte sie den Namen einer Zeitung, die bekannt für ihre reißerischen Schlagzeilen war.

Bannmorger und Frau Trissener wollten gleichzeitig etwas sagen, da ertönte ein Aufschrei, der die Betonpfeiler des Stadions erbeben ließ. Die Zuschauer tobten und jubelten, die dunkle Menge der Köpfe hatte sich in ein Meer aus orange-weißen Fahnen

und Schals verwandelt und unten auf dem Spielfeld rannte der siegreiche Torschütze eine Runde, umarmte seine Mitspieler, sprang hoch und jubelte.

Die Entscheidung war am Ende doch noch – gegen alle Erwartungen – für den FC Linnstatt gefallen. Auch Bannmorger brach in Jubel aus. Während er heftig in die Hände klatschte, wandte er sich Lilo zu, die noch immer wie eine zornige kleine Göttin mit in die Hüften gestemmten Händen dastand.

„Wir holen alles nach. Michael Philipp Wilhelm bekommt einen neuen Ball."

„Er darf sich die Autogramme persönlich von *allen* Spielern geben lassen!", verhandelte Lilo und Michael grinste bewundernd hinter ihrem Rücken.

Aus Erleichterung über den Sieg seiner Mannschaft willigte Bannmorger ein.

„Und wir alle begleiten Michael!", ergänzte Lilo.

Jetzt wurde es dem Limoerzeuger zu viel.

„Nein, das Angebot gilt nur für den Gewinner des Preisausschreibens und der heißt Michael Wilhelm Peter, oder was weiß ich wie. Klar?" Nach diesem kleinen Wutausbruch hatte er sich schnell wieder unter Kontrolle. „So sagen es die Teilnahmebedingungen", ergänzte er betont höflich.

Alles, was sie sich gewünscht hatte, hatte Lilo nicht erreicht. Aber ein Teil ihres Planes war aufgegangen. Sie drehte sich zu Michael und streckte den Daumen in die Höhe. Michael tat das Gleiche.

Der Sieg des FC Linnstatt hatte die Laune des Limo-Fabrikanten wieder gehoben. Von allen Seiten erhielt er Glückwünsche, als hätte *er* das entscheidende Tor geschossen.

„Meine Jungs, die haben schon was drauf", erklärte er mit überlegenem Lachen, als hätte er nie Zweifel an deren Sieg gehabt.

„Mein Chauffeur bringt dich heim", sagte er zu Michael und es war ihm anzumerken, dass er froh war, das lästige Anhängsel loszuwerden. „Meine Sekretärin ruft deine Eltern an und vereinbart mit ihnen einen neuen Termin. Du kannst ja mal zu einem Training kommen."

Lilo schob sich dazwischen, als wäre sie Michaels Rechtsanwältin.

„Morgen!", erklärte sie bestimmt. „Morgen bekommt er die Autogramme. Morgen Nachmittag, sonst rufe ich meine Tante an."

Herrn Bannmorger riss die Geduld. „Ach, wie heißt denn deine Tante überhaupt?"

Mit dieser Frage hatte er Lilo übertölpelt. Die Tante gab es nämlich nicht, und welchen Namen sollte sie nun nennen?

Dominik trat neben seine Freundin und antwortete an ihrer Stelle. „Schon einmal von Hora Lansky gehört?"

Einen Moment lang sah Herr Bannmorger aus wie ein Chamäleon. Das Rot verschwand aus seinem Gesicht und machte einem sehr blassen und ungesunden Graugelb Platz. Auf einmal war seine Großkotzigkeit verschwunden. „Na gut, dann morgen. Die Burschen sind noch alle da. Wir fädeln das ein." Widerwillig schüttelte er Michael die Hand, ließ die Knickerbocker-Bande aber links liegen.

André tauchte hinter den vier Freunden auf und schubste sie zum Lift. „Ich bringe euch zum Ausgang."

„Bestimmt könnt ihr mit mir mitfahren", bot Michael an. „Der Fahrer ist ganz nett."

Am Eingang zum Verwaltungstrakt wartete schon die dunkle Limousine, und der Chauffeur öffnete die hintere Wagentür für Michael, als wäre er der Direktor des Unternehmens. André passte auf, dass er einstieg, und schärfte dem Fahrer ein, den Jungen auf direktem Weg heimzubringen und persönlich den Eltern zu übergeben.

„Danke für die nette Unterhaltung und so", verabschiedete sich Lilo bewusst spöttisch von Frau Trisseners Assistenten. André schien einen Moment nachzudenken, wie Lilo das meinte. Das Gesicht, das ohne Zweifel seine Bräune aus dem Solarium hatte, verzog sich zu einem jungenhaften Lächeln.

„He, ich war im Stress. Der heutige Tag war die Dauerkrise. Aber was haltet ihr von einer Spezialführung durch das Stadion? Die wolltet ihr doch, oder?"

Axel und Dominik waren begeistert, aber Lilo erwiderte nur kühl: „Wir überlegen es uns. Wo können wir Sie erreichen?"

André war mehr als erstaunt über Lilos Zurückhaltung.

„Moment mal, ich meine, das ist doch etwas Besonderes. Oder nicht?“

„Wir müssen sehen, ob wir Zeit haben“, sagte Lilo, was André nur noch kribbeliger machte. Er reichte ihr eine Geschäftskarte.

„Ruft einfach an, am besten gleich morgen oder übermorgen, da sind meine Tage lockerer. Klar?“

Lilo nickte so huldvoll, dass Poppi fand, sie habe in diesem Moment etwas von einer Königin gehabt.

„Wer seid ihr eigentlich? Ich meine, wo wohnt ihr?“

„Bei einer Freundin meiner Mutter. Wir sind nur eine Woche zu Besuch hier.“

Der Fahrer klopfte auf das Dach des Wagens, als wäre es ein Pferd.

„Hopp, hopp, wenn ich euch mitnehmen soll, müssen wir los. Sonst bin ich nicht zurück, wenn mein Chef mich hier braucht.“

„Dann wird er bestimmt ungemütlich“, sagte Lilo mitfühlend.

Michael saß mit Axel, Dominik und Poppi auf der bequemen Rückbank. Lilo, die auf dem vorderen Sitz hatte Platz nehmen müssen, drehte sich um und flüsterte ihm während der Fahrt zu: „Pass auf, wir haben da einen Auftrag für dich. Ist wichtig. Ich will dir das aber nicht jetzt erklären.“

„Wir telefonieren“, schlug Dominik vor, der ahnte, was Lilo vorhatte, und holte sein Handy aus der Jackentasche. Michael hatte natürlich auch eines und sie tauschten Nummern aus. Für heute war es zu spät, aber am nächsten Morgen wollten sie sich sofort miteinander in Verbindung setzen.

Eine viertel Stunde später stand die Knickerbocker-Bande vor dem rußigen Backsteinbau, in dem die Freundin von Axels Mutter ihre ungewöhnliche Wohnung hatte.

„Es geht doch nix über meine Tricks!“, reimte Lilo zufrieden. Poppis Bewunderung war ihr ohnehin sicher, von Dominik bekam sie ein anerkennendes „Not bad“, nur Axel schnitt ihr eine Grimasse.

Wie ein Hellseher prophezeite Dominik: „Morgen wird ein besonderer Tag!“

Dieses Gefühl hatte Lilo auch, und es sollte sie nicht täuschen.

AUFTRAG AN MICHAEL

Axels Mutter, Frau Klingmeier, war eine sehr ordentliche, gut organisierte Frau. Sie arbeitete als Sekretärin für den Geschäftsführer einer riesigen Firma, die Elektronikbauteile herstellte. Bei den Klingmeiers daheim konnte man vom Boden essen und in jedem Schrank herrschte absolute Ordnung.

Anita Bellun, die mit Frau Klingmeier acht Jahre lang in dieselbe Klasse gegangen war, war das absolute Gegenteil ihrer Schulfreundin. Obwohl sie genauso alt war wie Axels Mutter, kleidete sie sich wie ein kleines Mädchen und hatte die langen pechschwarzen Haare links und rechts zu zwei wippenden Pferdeschwänzen gebunden.

Sie wohnte in einem turnhallengroßen Loft, das früher eine Fabrikhalle gewesen war. Es bestand aus

einem einzigen Zimmer, von dem weder Bad noch Küche, nicht einmal die Toilette abgetrennt waren. Erst als Poppi erklärt hatte, dass sie so einfach nicht könne, hatte Anita einen Paravent aus einem Haufen Gerümpel gezogen und vor das Klo gestellt.

Von Beruf war Anita Modedesignerin. In ihrer Wohnung entwarf und zeichnete sie ihre Modelle, die total verrückt und im Alltag nicht zu tragen waren. Kleiderpuppen trugen Reifröcke wie vor ein paar hundert Jahren, die aus Rüschen und Jeansstoff genäht waren. Jacken und T-Shirts hatten Form und Farbe von Ritterrüstungen. Besonders witzig sahen die Hüte aus, die Anita aus den Köpfen von Kuscheltieren gefertigt hatte.

Die Knickerbocker hatten ihr Lager im Zwischenstock der Halle bezogen. Er bestand nur aus einem Holzboden, der zwischen breiten Metallstreben gelegt war und über eine Leiter erreicht werden konnte. Frau Klingmeier schlief am anderen Ende der Halle in einer höhlenartigen Koje, die Anita offensichtlich in die Wand geschlagen hatte. Anita selbst bevorzugte eine Hängematte, in die sie sich einwickelte wie in eine breite Decke. Für Poppi sah sie dann aus wie eine Raupe, die sich gerade verpuppt hatte und demnächst als Schmetterling schlüpfen würde.

Der Morgen nach dem Fußballmatch begann mit dem Klirren von Glas. Es folgte ein Schluchzen wie von einem kleinen Mädchen. Poppi wurde davon wach und lauschte in den riesigen Raum.

„Mein Putzelchen", hörte sie Anita jammern.

Sie kroch aus dem Schlafsack, zog das lange T-Shirt

bis zu den Knien und tastete mit nackten Füßen nach den Sprossen der Leiter. Langsam kletterte sie hinunter. Die anderen schliefen noch.

Anita hielt sich in der Kochecke auf, in der Herd, Kühlschrank, Anrichte, Geschirrschrank und Geschirrspüler wie gerade angeliefert kreuz und quer herumstanden. Zwischen ihren rosa Pantöffelchen mit den flauschigen Bommeln lagen die Scherben einer Teekanne.

„Mein Putzelchen", erklärte sie Poppi schniefend. „Ich hatte sie schon so viele Jahre, jetzt muss ich sie begraben."

Poppi wusste nicht, was sie sagen sollte, und deshalb lächelte sie nur mitfühlend.

Nachdem Anita Kehrblech und Besen geholt hatte, knipste sie einen kleinen Fernseher auf der Anrichte an. Während sie sich bückte und zu fegen begann, verfolgte sie eine Morgensendung. Poppi hockte sich zu ihr und legte mit spitzen Fingern die großen Scherben auf die Kehrschaufel.

Es lief ein Bericht über das Fußballspiel und das Ausscheiden von José Gómez, der zwar nach dem Match im Hotel aufgetaucht war, in dem die Mannschaft wohnte, doch keine Interviews geben wollte.

Ein weiterer Bericht war Kuriositäten rund um das Finalspiel gewidmet. Die Glücksbringer der Kicker wurden präsentiert, unter denen sich die Babyschuhe ihrer Kinder und sogar ein Schnuller befanden. Was die Fans alles mitbrachten, war aber ebenfalls zum Lachen: Einige hatten sogar ihre Getränke und Speisen in den Farben der Teams eingefärbt. Stolz wurden grün-blaue Würste gezeigt und Brot, das innen orange und weiß war.

Die Reporterin traf auch auf einige Fans, die noch vor Beginn des Matches das Stadion wieder verließen. Da war ein junger Mann mit Lockenkopf, der zusammenzuckte, als die Kamera sich ihm näherte. Ein zweiter Mann, der unter einem Hut seinen kahlen Kopf zu verbergen schien, wandte sich ebenfalls schnell ab, als ihm das Mikrofon unter die Nase gehalten wurde.

Anita kicherte. „Ich hatte mal einen Freund, der ist mit mir auch zu einem Fußballspiel gegangen.“ Sie konnte sich gar nicht beruhigen. „Die Fernsehkameras haben uns Händchen haltend gezeigt.“ Sie machte eine wegwerfende Bewegung. „Hat der vielleicht Ärger bekommen, weil er außer mir noch zwei andere Freundinnen hatte, die ihn beide im Fernsehen gesehen haben.“ Sorgsam bettete sie die Scherben der Teekanne in einen leeren Schuhkarton. „Geschah ihm ganz recht. Das eine Mädchen soll ihn sogar richtig verprügelt haben.“

Verstrubbelt und verschlafen kamen nun auch die anderen drei Knickerbocker herunter. Dominik wie immer in einem weinroten Schlafanzug, Lilo in einem alten T-Shirt wie Poppi und Axel nur in Boxershorts.

„Oben auf dem Dach habe ich einen Friedhof für zerbrochene Freunde", erklärte Anita feierlich. „Ihr seid alle zur Beisetzung meiner geliebten Kanne eingeladen."

Die Knickerbocker wunderten sich über nichts mehr bei ihrer Gastgeberin und nickten deshalb nur.

Das Frühstück fand bei Anita auf dem Fußboden statt. Sie breitete in der Mitte der Halle eine Decke aus und veranstaltete ein Picknick, weil ihr danach war, wie sie betonte. Nachdem sich alle gestärkt hatten, bestand Anita darauf, die sonst eher sehr streng gekleidete Frau Klingmeier in ein Kostüm aus schweinchenrosa Seide mit wuscheligem Kragen aus Kunstpelz zu stecken.

Lilo nutzte die Gelegenheit und rief Michael an. Er hob nach dem ersten Klingeln ab.

„Morgen Michael Philipp Wilhelm", grüßte ihn Lilo. Vom anderen Ende der Leitung kam ein Knurren, als hätte sich Michael in einen bissigen Hund verwandelt. „Scherz", beeilte sie sich zu sagen und fuhr fort: „Es geht um José Gómez. Versuch mit ihm ins Gespräch zu kommen. Was hat es mit dieser Rose auf sich? Wir haben nämlich von Drohbriefen Wind bekommen, in denen von einer Rose die Rede ist."

„Seid ihr Detektive oder so?", fragte Michael.

„Ja, so etwas Ähnliches", antwortete Lilo ausweichend.

„Das wollte ich schon immer sein, Detektiv. Am besten Mitglied in einer Bande."

„Manchmal da erfüllen sich Träume."

„Wie meinst du das?"

Von Frau Klingmeier kamen erstickte Laute, weil Anita ihr den Gürtel zu eng geschnürt hatte.

„Pass auf, sobald du was weißt, ruf an. Klar?", schärfte sie Michael ein.

„Auf mich kannst du dich verlassen."

Dieses Gefühl hatte Lilo auch.

Das zweite Telefonat, das sie führte, war mit André.

„He, Morgen, Morgen!" André schien richtig begeistert zu sein, von Lilo zu hören. „Was läuft so bei euch, he?"

„Tote Hose", beschwerte sich Lilo, um sein Mitleid zu erregen. Sie legte die Hand wie eine Muschel um den Hörer und flüsterte: „Wir sollen heute so ein paar öde Museen besuchen, weil den Gruftis nichts Besseres einfällt." Lilo hoffte, André würde von allein auf die Idee kommen, seine Einladung von gestern zu wiederholen.

„Wie wär's mit der Führung durch die Eingeweide des Stadions", sagte er da auch schon. „Muss doch gutmachen, was ich gestern angeblich angerichtet habe."

Mit gespielter Großmut erklärte Lilo: „Wir geben dir dazu eine Chance. Eine allererste!"

Beide lachten kurz und André schlug als Treffpunkt die Pförtnerloge an der Schranke vor. Elf Uhr wäre gut und passte auch Lilo.

Michael musste den Kopf weit in den Nacken legen, um bis zum Dach des Hotelturmes blicken zu können. Die Fassade war ein Raster aus Betonbalken mit verspiegelten Glasscheiben und wirkte abweisend.

Eine Hand traf ihn hart auf dem Rücken. „Aber jetzt, mein Freund, jetzt bekommst du, was du dir so wünschst!", dröhnte Herr Bannmorger. Er sah genauso aus wie am Abend zuvor. Die Haare lagen glatt gescheitelt auf seinem Kopf, der Anzug war langweilig dunkel und das Gesicht rot. Obwohl er den Lockeren spielte, spürte Michael, wie lästig Bannmorger die ganze Sache war.

Der Lärm der Straße wurde ausgeschlossen, als sie von der automatischen Drehtür in die Halle gespuckt wurden. Der glänzende Marmorboden, die dicken Steinsäulen und die Kristalllüster, die wie Riesentropfsteine von oben herabhingen, gaben ihr etwas Nobles und Steifes. Niemand redete laut. Alle flüsterten nur.

Umso auffallender war der kleine Mann mit pechschwarzem Haar, der an der Rezeption stand und in einer fremden Sprache lautstark auf den grauhaarigen Portier einredete. Dieser stand aufrecht und steif hinter der edlen Holztheke und hatte eine Augenbraue zurückhaltend hochgezogen.

Als Herr Bannmorger Michael mit sanftem Druck auf den Rücken am Empfang vorbeischob, schnappte

Michael ein Wort auf, das der Mann immer wieder betonte: Gómez. Gómez, Gómez, Gómez, sagte er ungeduldig, fast quengelnd wie ein kleines Kind.

Der Portier sah auf und bemerkte Herrn Bannmorger.

„Guten Morgen“, grüßte er mit einer leichten Verneigung. „Darf ich Sie um ein paar Sekunden ihrer kostbaren Zeit bitten?“

Ungehalten trat Bannmorger an die Rezeption. Der Portier wandte sich von dem aufgeregten Mann ab und flüsterte mit Bannmorger. Michael lauschte angestrengt.

„... steht schon seit zwei Stunden hier und will unbedingt zu José Gómez“, schnappte er auf. „Sie haben aber doch die Besuchssperre verhängt, wegen der Reporter ...“

Bannmorger musterte den kleinen Mann, der eine abgewetzte Ledertasche unter den Arm geklemmt hatte und immer wieder genervte Seufzer von sich gab.

„Lassen Sie ihn rauswerfen“, entschied Bannmorger kalt und stieß sich an der Holzkante der Rezeption ab.

Der ausländische Gast kniff die Augen argwöhnisch zusammen. Der mächtige buschige Schnauzbart unter seiner Nase sträubte sich wie der Schwanz einer aufgeregten Katze. Energisch baute sich der Mann vor Bannmorger auf und redete in Spanisch auf ihn ein. Dabei fuhr er wild mit den Händen auf und ab und beugte sich ganz nahe zu dem steifen Herrn Bannmorger herüber, der immer weiter zurückwich und schließlich eine Bewegung machte, als wollte er eine Fliege verscheuchen.

„Wo ist der Wachdienst?“, rief er ungehalten. „Entfernen Sie endlich diesen Verrückten.“ Hart stieß er den Spanier, der sich nicht so einfach abweisen lassen wollte, zur Seite und ging auf den Lift zu. Michael hatte er in diesem Moment vergessen. Erst als dieser ihm nachgelaufen kam, erinnerte er sich an den Grund, warum er überhaupt in das Hotel gekommen war.

Bei einem Blick über die Schulter sah Michael, wie sich zwei unauffällige Herren in dunklen Anzügen links und rechts neben den Spanier stellten und mit gesenkter Stimme auf ihn einredeten. Als sich die Lifttür schloss, beobachtete Michael durch den enger werdenden Spalt, dass die Sicherheitsleute den Mann in Richtung Ausgang drängten.

„Reporter sind Ratten“, sagte Herr Bannmorger leise vor sich hin. „Jeder Trick ist ihnen recht, um einen Skandal zu bekommen, mit dem sie wieder ihre Zeitung füllen können.“

„Und wenn der Mann der Vater von José Gómez war?“, warf Michael vorsichtig ein.

Herr Bannmorger schnaubte verächtlich. „Er hat keine Eltern mehr. Die sind vor ein paar Jahren bei einem Autounfall ums Leben gekommen.“

„Der Arme!“

Diese Bemerkung überhörte Bannmorger einfach. Ungeduldig klopfte er mit der Schuhspitze auf den Kabinenboden. Der Lift hielt im zwölften Stock. Vor der Tür warteten zwei weitere Mitarbeiter des Sicherheitsdienstes, die ihnen den Weg versperrten. Als sie Herrn Bannmorger erkannten, entschuldigten sie sich und traten sofort zur Seite.

Über den Flur lief ein drahtiger Mann in einem orangefarbenen Trainingsanzug auf sie zu. Die Ärmel seiner Jacke hatte er aufgekrempelt, und darunter kamen muskulöse Unterarme zum Vorschein.

„Ich habe Sie mehrmals versucht anzurufen“, sagte er ohne Begrüßung.

Michael erkannte ihn. Es war der Trainer der Mannschaft, der früher selbst einmal ein sehr erfolgreicher Fußballer gewesen war.

„Was gibt's?“, wollte Bannmorger unfreundlich wissen.

„Wir müssen die Tür von Gómez' Zimmer aufbrechen. Er dreht durch.“

EIN TORWART DREHT DURCH

Das Stadion nach dem Fußballmatch machte den gleichen Eindruck wie ein Freibad im Winter. Ausgestorben lagen die Zuschauertribünen da, verwaist war das Spielfeld und in den Korridoren und Treppenhäusern war nur der Putztrupp unterwegs, der Pappbecher, Popcorn, Chipstüten und anderen Abfall einsammelte, der einfach achtlos fallen gelassen worden war.

André hatte die Knickerbocker-Bande zum obersten Rang des Stadions geführt und aus der gewaltigen Höhe mit ihnen zum Spielfeld hinuntergeblickt. Es war ein kühler, windiger Tag und die Plätze waren daher zugig und kalt. Poppi zog ihr Sweatshirt enger um den Körper und setzt sich die Kapuze auf.

„Sehr beeindruckender Bau, findet ihr nicht?“,

schwärmte André und ließ seine Augen über die langen Sitzreihen schweifen, die auf der gegenüberliegenden Tribüne aussahen wie Ketten bunter Perlen.

„Was ist denn das mit dem rennenden Skelett?“, fragte Lilo ganz nebenbei, als hätte sie sich nach der Anzahl der Plätze erkundigt. Sie sah aus dem Augenwinkel, wie Andrés Kopf sich mit einem Ruck zu ihr drehte.

„Wieso weißt du …?“, schnaubte er aufgebracht, um sich dann aber gleich wieder unter Kontrolle zu bringen. Er schluckte heftig und straffte den Rücken. „Ist das an die Zeitungen gegangen? Oder haben sie im Fernsehen was gebracht?“

Lilo schwieg, weil sie nicht lügen wollte. Sie würde aber auch nicht zugeben, dass sie gestern gelauscht hatte.

Dominik schnalzte mit der Zunge. „Das Skelett im Stadion“, sagte er im Marktschreierton und malte mit der Hand eine Schlagzeile in die Luft. „Klingt echt stark. Wäre ein guter Titel für eine Horrorgeschichte. Also, ich würde sie lesen.“

Das übertriebene Getue von Dominik entspannte André ein wenig. Mehr zu sich sagte er: „Warum kann die Trissener den Mund nicht halten!“

Axel, der nicht gerne still stand, turnte über die Sitzlehnen, stützte sich an einer ab und machte Liegestütze. „Ist doch deine Chefin", sagte er, während sein Oberkörper unermüdlich auf und nieder ging. „Trotzdem redest du so über sie?"

Nachdem André prüfende Blicke nach beiden Seiten geworfen hatte, flüsterte er: „Sie ist zwar groß", er deutete die Körpergröße der Stadionleiterin mit der Hand an, „aber für so ein Stadion trotzdem zu klein. Ich glaube, sie leidet unter Verfolgungswahn."

Dominik runzelte die Stirn. „Sie bildet sich also ein, es sei jemand hinter ihr her?"

André nickte zustimmend und fuhr sich über die Haare, die sorgfältig mit Gel an den Kopf geklebt waren. „Gestern kurz vor dem Anpfiff hat sie behauptet, auf dem Überwachungsmonitor einen Totenschädel gesehen zu haben. Ein Skelett sei in einer der Zentralen gewesen, hat sie steif und fest behauptet."

Das also war die Erklärung für den Schrei, der aus dem Telefon gekommen war, während die Knickerbocker-Bande beim Pförtner gestanden hatte.

„Und in welcher Zentrale soll das Skelett spuken?", erkundigte sich Axel.

Ein Schulterzucken war die Antwort. „Sie hat es wohl nur kurz gesehen, gerade als das Bild umgesprungen ist. Auf ihrem Monitor ändert sich alle drei Sekunden die Einstellung. Es gibt im Stadion an die fünfzig Überwachungskameras."

„Sind die nicht für den Sicherheitsdienst? Ich meine, wozu sieht sich die Leiterin des Stadions diese Bilder an?“, wunderte sich Lilo.

„Weil sie alles selbst machen will und muss.“ André war anzuhören, wie wenig er von Frau Trissener hielt. Misstrauisch musterte er die vier Freunde. „Aber wieso interessiert ihr euch so dafür?“

Lilo gab den anderen mit den Augen zu verstehen, sie sollten sie reden lassen. „Ach, weißt du“, begann sie, „wir sind eigentlich nur zum Match gekommen und dann in alles Mögliche hineingezogen worden.“ Vertraulich beugte sie sich zu André herüber und flüsterte: „Es geht um Poppi. Sie hat schwere Schlafstörungen. Hört sie etwas, das ihr Angst macht, müssen wir mit ihr an den Ort zurückkehren und dafür sorgen, dass sie alles darüber erfährt. Sonst liegt sie wochenlang wach.“

„Ist das so?“ André strich sich über das modische Hemd mit dem großen Kragen, über das er ein Lederjackett trug.

Fröstelnd wandte sich Poppi an Lilo. „Mir ist kalt. Gehen wir wieder hinein?“

„Guter Vorschlag“, stimmte Dominik zu und marschierte voran.

„Noch Lust, unsere Keller zu besichtigen?“, fragte André.

Sofort fielen Lilo die Worte des Drohbriefes ein, der Frau Trissener in der Pause überreicht worden war. Darin ging es doch um den Bauunternehmer Erdeltal und Leichen im Keller.

„Ja, ich will mir unbedingt die Keller ansehen!" Lilo tat begeistert, als wären Kellerbesichtigungen ihre Lieblingsbeschäftigung.

Die dicke Holztür des Hotelzimmers schluckte normalerweise alle Geräusche, die dahinter gemacht wurden. Auch die Wände waren so dick, dass die Gäste ihre Zimmernachbarn nicht stören konnten. Umso erstaunlicher war es, wie laut José Gómez' Stimme durch die geschlossene Tür auf den Flur hinausdrang.

Nicht nur Bannmorger stand davor, sondern auch der Trainer, Jürgen Flich, einige Teamkollegen und etwas im Hintergrund Michael, den aber keiner beachtete.

José schrie immer wieder etwas auf Spanisch. Dazwischen polterte es, als hätte er gegen einen Schrank geschlagen oder einen Stuhl umgeworfen.

Jürgen Flich klopfte zuerst mit einem Finger, und als das nichts brachte, mit der flachen Hand. Der Lärm im Zimmer verstummte.

„José, mach auf, hier spricht dein Trainer!", verlangte Herr Flich streng.

Bannmorger seufzte tief. „Was soll das hier sein? Eine Fußballmannschaft? Ich bezahle hier wohl eher einen Kindergarten.“ Zu Flich sagte er: „José fliegt aus dem Team, wenn er nicht augenblicklich zur Vernunft kommt.“

Mark Sinder, der Stürmer der Mannschaft, den Michael sehr bewunderte, machte durch Räuspern auf sich aufmerksam.

„Herr Bannmorger, José ist weltspitzenklasse. Wir brauchen ihn. Und wenn es ihm schlecht geht, dann braucht er uns.“

Bannmorger sah ihn an, als wollte er ihn gleich anschnauzen, verkniff sich dann aber jede weitere Bemerkung.

Michaels größte Sympathie gehörte José Gómez. Er selbst stand beim Fußballspielen ebenfalls immer im Tor, und deshalb versuchte er sich bei jeder Fernsehübertragung von Gómez Spielen Tricks anzugucken, die er auch anwenden konnte.

„Wir holen jetzt den Zweitschlüssel und öffnen die Tür. Rufen Sie die Ambulanz. Vielleicht muss José ins Krankenhaus. Man nennt so etwas Nervenzusammenbruch.“ Bannmorger redete, als ginge es um einen Eisklumpen und nicht um einen Menschen.

Mit einem bedauernden Kopfschütteln entfernte sich der Trainer. Die Spieler zögerten kurz und folgten ihm dann. Michael hörte, dass sie auf Flich einredeten, er solle die Anweisungen von Bannmorger nicht ausführen.

„Herrschaften, so nicht!“, brauste der Limonade-Erzeuger auf, der verstanden hatte, worüber geredet wurde, und mit großen Schritten Trainer und Spielern nachjagte.

Zurück blieb Michael. Er fixierte die dunkelbraune Zimmertür mit der schwungvollen Messingnummer, als könnte er sie hypnotisieren. Was ging dahinter vor sich? Michael kannte Lilo noch nicht lange, war sich aber sicher, dass sie ihn danach fragen würde. Zaghaft ging er näher, um zu lauschen. Als er den Kopf Richtung Tür bewegte, wurde sie plötzlich von innen geöffnet und José guckte heraus.

Wer von beiden mehr erschrak, war nicht klar. Michael starrte den Torwart mit offenem Mund an. Josés dunkle Haare standen büschelweise nach allen Seiten weg, als wäre er gerade aus dem Bett aufgestanden. Seine Augen waren gerötet und sein Gesicht verquollen.

„Hallo“, sagte Michael. „Ich bin Micha! Ich habe ein Autogramm von Ihnen gewonnen.“

Der Torwart musterte ihn wie einen Außerirdischen und verstand kein Wort. Trotzdem drückte er die Tür nicht zu, sondern starrte ihn nur an.

Michael machte einen Schritt zurück. „Ich … also, ich … ich gehe dann besser …"

José griff aus dem Türspalt nach seinem Arm, packte ihn am Handgelenk und zog ihn ins Zimmer. Michael schnappte erschrocken nach Luft. Der Torwart schubste ihn energisch in einen Armsessel mit hoher Lehne und hängte die Sicherheitskette an der Tür ein. Besorgt sah Michael, dass José die Tür verriegelte.

„Kann ich … gehen?", fragte er leise.

José schüttelte energisch den Kopf.

„Setzen … bleiben", stieß er hervor und hockte sich auf die Bettkante. Das Bettzeug war zerwühlt, zwei Stühle lagen umgekippt auf dem Boden, die Schranktür hing schief in den Angeln. José hatte im Zimmer randaliert. Als ob er ihm dadurch entkommen könnte, presste sich Michael tief in die Kissen des Sessels. José Gómez stützte den Kopf in die Hände und gab Laute von sich, die sich anhörten wie trockenes Schluchzen.

Was sollte Michael tun? Regungslos saß er da und schaute verzweifelt zur Zimmertür. Es waren fünf oder sechs Schritte dorthin. Aber es würde ein paar Sekunden dauern, die Sicherheitskette zu entfernen und aufzuschließen. In dieser Zeit konnte José aufspringen und ihn schnappen.

Der Torwart hob den Kopf. Er schien wirklich geweint zu haben.

„Du hast Eltern?", wollte er wissen.

Michael nickte langsam.

„Ich nicht." José schluchzte erneut auf. „Feinde und Rache. Meine Mama und Papa. Jetzt ich. Dabei lange her. So lange. Bald mehr als zweimal hundert Jahre. Rache aber immer heiß."

Was redete er da? War er verrückt geworden?

„Jemand sucht Sie", bemerkte Michael vorsichtig.

José starrte ihn mit weit aufgerissenen Augen an.

„Wer?"

So gut er konnte, beschrieb Michael den Mann an der Rezeption. Er war überzeugt, dass es sich nicht um einen Reporter handelte. Als er den Schnauzbart erwähnte und mit den Fingern beschrieb, wie dick und struppig er war, sprang José auf. Er rannte an die Tür und spähte durch das winzige Guckloch.

„Dann er will mich … er es meint ernst. Jetzt aus. Aus." Mit einem Sprung, wie er ihn sonst hinlegte, um einen Ball zu halten, war er bei Michael und packte ihn an den Schultern. „Du Geisel. Du meine Geisel. Schutz vor gelben Rosen."

Es wurde an die Tür geklopft. Michael wollte rufen, dass er sich im Zimmer befände, aber José presste ihm die Hand auf den Mund.

Jemand rief Josés Name. Er sprach ihn spanisch aus und fuhr auch in Spanisch fort. José Gómez riss Michael aus dem Sessel und hielt ihn wie einen lebenden Schutzschild vor sich. Michaels Knie wurden weich.

DIE RACHE DER DUARTE

Poppi kamen die Keller des Stadions vor wie die Eingeweide eines Tieres. Die Heizzentrale mit den vielen Pumpen und Rohren war das Herz, die Elektrozentrale das Nervensystem und der vollklimatisierte Computerraum, in dem Rechner neben Rechner stand und vor sich hin summte, das Gehirn.

Überall roch es noch nach feuchtem Beton und frischer Farbe.

„Hier unten ist einiges erst im letzten Moment fertig geworden“, erklärte André, während er die vier durch einen Gang führte, an dessen niedriger Decke dicke Rohre hingen. Selbst Poppi, die Kleinste der vier, hatte das Gefühl, den Kopf einziehen zu müssen.

Auf einmal klopfte André an sein Hosenbein, als wollte er Staub entfernen.

„Moment bitte“, bat er und holte ein Handy aus einer seiner Hosentaschen. Er drückte die Empfangstaste und hielt das Gerät ans Ohr.

„Hallo!“, hörten ihn die Knickerbocker sagen.

Dominik beugte sich zu Axel und flüsterte. „Hat

das Ding geklingelt? Also an meine Ohren ist kein Laut gedrungen."

„Aber an Andrés Bein ist wohl das Vibrieren gedrungen", äffte ihn Axel nach. „Schon mal von Vibracall gehört? Tonlos, nur Zittern des Handys."

Dominik zog die Augenbrauen zusammen und nickte wissend.

Aufmerksam hörte André dem Anrufer zu und sagte nur ab und zu. „Aha … verstehe … ja … aha …" Ohne Verabschiedung legte er auf und atmete tief durch. „Meine Chefin. Völlig außer sich. Sie erfährt besser nicht, dass ihr hier seid. Muss sofort in ihr Büro, weil sie irgendwelche Unterlagen nicht findet. Bestimmt liegen die vor ihrer Nase. Am besten …", er überlegte kurz, „… ihr wartet hier auf mich. Es kann nicht lange dauern, und ich will euch noch ein paar richtig spannende Sachen zeigen. Ihr könnt euch aber auch allein umsehen."

Poppi fühlte sich nicht sehr wohl bei der Vorstellung, allein im Keller zurückzubleiben. Zum Glück waren ihre Freunde bei ihr, aber trotzdem. Die kahlen Betonwände der Gänge mit den nackten Leuchtstoffröhren hatten etwas Unheimliches, als befände man sich in einer riesigen Gruft.

„Kein Problem, wir warten", versprach Lilo und zwinkerte André zu.

Mit großen Schritten eilte der Assistent davon. Auch wenn er sich abfällig über sie äußerte, schien er doch Respekt vor Frau Trissener zu haben.

Es klang wie Kilometer entfernt, als sich eine Metalltür hinter ihm schloss. Die Knickerbocker-Bande stand im Gang und blickte unschlüssig von einem Ende zum anderen. In den Rohren über ihnen rauschte stoßweise Wasser. Aus den verschiedenen Räumen drang eine Mischung aus gedämpftem Summen und Klicken.

„Wäre eine coole Skateboardbahn hier", stellte Axel mit Kennerblick fest. „Auch zum Inlineskaten nicht übel."

„Müssen wir hier bleiben?" Poppi fröstelte und daran war nicht die Temperatur schuld.

Mit verstellter, tiefer Grabesstimme säuselte ihr Dominik von hinten ins Ohr: „Fürchtest du dich vor dem Klospülungsgeist, der aus den Toiletten hier in die Tiefe fährt, um aus den Rohren zu kriechen?"

Axel lachte laut. Lilo konnte sich ein Grinsen nicht verkneifen. Poppi verschränkte wütend die Arme.

Um nicht nur blöd herumzustehen, begann Axel eine Melodie zu pfeifen und schlenderte tiefer in den Gang. Das andere Ende war so weit entfernt, dass er es nicht einmal sehen konnte.

Da erloschen ohne ein Geräusch völlig unerwartet

alle Lampen. Eine letzte Neonröhre flackerte noch zuckend bläulich, bevor sie ebenfalls ausging.

Lilo schrie erschrocken auf. Poppi presste die Hände vor den Mund, weil sie nicht wieder als die Ängstliche dastehen wollte.

„Stromausfall", kommentierte Axel locker.

Dominik gab einen lauten Pfiff von sich und forderte die anderen auf, ebenfalls Geräusche zu machen, damit sie einander finden konnten.

„Hat keiner eine Taschenlampe?", fragte Lilo.

„In der Hose von gestern", antwortete Axel wütend über sich selbst.

Auch die anderen hatten die Taschenlampen zu Hause gelassen.

„Euer Hirn habt ihr hoffentlich dabei!", schimpfte Lilo los.

„Du hast auch keine Lampe eingesteckt, Frau Superschlau!", erinnerte sie Dominik.

Die vier spürten die Nähe ihrer Freunde und blieben dicht beisammen. Die Dunkelheit umgab sie wie ein Ring, der sich immer enger und enger zog.

„Hört ihr das?", fragte Dominik flüsternd.

„Was?", fragte Lilo gereizt. Sie hasste es, eine Lage nicht unter Kontrolle zu haben. Außerdem hatte sie eine ungute Vorahnung, die sie aber aus Rücksicht auf Poppi nicht erwähnte.

„Die Maschinen, sie laufen weiter."

Poppis zustimmendes Nicken war sogar in der Dunkelheit zu spüren.

„Aber das bedeutet ... jemand hat das Licht absichtlich abgedreht", sagte sie mit zitternder Stimme.

Axel legte wie ein großer Bruder den Arm um ihre schmalen Schultern. „Kann auch sein, dass die Sicherung der Beleuchtung rausgeflogen ist. Für die anderen Anlagen gibt es getrennte Stromkreise oder Notstromaggregate. Die sind wie kleine Kraftwerke."

Sie warteten darauf, dass das Licht wieder anging. Es blieb aber stockfinster.

„Hallo!", rief Lilo mit tiefer Stimme und versuchte möglichst unerschrocken und erwachsen zu klingen. „Hallo? Wir sind hier! Das Licht ist aus. Hallo!"

Ihr Rufen hallte durch den Gang und verklang.

Niemand kam. Keiner antwortete. Nichts geschah.

„Wir tasten uns an der Wand entlang zur Tür, durch die André verschwunden ist", schlug Lilo vor. Ihr Vater war Skilehrer und Bergführer und hatte ihr beigebracht, selbst in schlimmsten Situationen einen kühlen Kopf zu bewahren und immer nach einem Ausweg zu suchen. Sie streckte die Handflächen vor und tastete nach dem kühlen Beton.

„Dort ist Licht!", sagte Axel aufgeregt.

Die anderen verstanden nicht, was er meinte. Sie

starrten noch immer in das Schwarz, das sie umgab, und konnten kein Licht sehen. „Dort … rechts …“ Axel zog Lilo ungeduldig am Jackenärmel. Als sie den Kopf drehte, sah sie es auch. Auf den Boden des Ganges fiel durch eine offene Tür ein sehr schwacher grünlicher Schimmer.

„Ein Notlicht“, vermutete Lilo.

„Notlichter hängen immer an eigenen Stromquellen, die von der Gesamtversorgung unabhängig sind“, dozierte Dominik. „Ich kenne das aus dem Theater. Über den Ausgängen müssen auch immer solche Notlichter angebracht sein.“

„Nützt uns das was?“, fragte Axel in die Runde.

„Meinst du mein Wissen?“ Dominik klang leicht gereizt, weil Axel sich immer wieder über seine Aussagen lustig machte.

„Nein, dieses Licht!“ Ohne eine Antwort abzuwarten, ging Axel los. Die anderen hörten seine Schuhe über den sandigen Boden schaben. Es dauerte länger, als sie dachten, bis Axels Silhouette im grünen Licht auftauchte. Geisterhaft hob sie sich ab. Der Schirm seiner Kappe zeigte in den Raum, aus dem das Licht drang.

„Was ist?“, rief ihm Lilo zu.

Axel antwortete nicht. Wie von einer unsichtbaren Kraft gesteuert, bewegte er sich langsam durch die

Türöffnung. Während der nächsten Sekunden herrschte angespannte Stille.

„Axel?“ Lilo wurde ungeduldig und startete in die gleiche Richtung los. Axels Alleingänge ärgerten sie.

„Lilo“, drang es schwach aus dem Raum, in dem Axel verschwunden war. „Lilo … schnell … Lilo …“

So zittrig hatte Lilo ihren Freund noch nie reden hören. Sie beschleunigte ihre Schritte, als der grüne Lichtschein erlosch.

José hielt Michael noch immer vor sich wie ein Bankräuber eine Geisel. Dann aber fiel ihm wohl auf, was er da tat, und er drückte den Jungen behutsam in den Sessel. Anschließend rief er etwas, das offensichtlich an die im Gang Stehenden gerichtet war und das nach Schimpfen klang. Die Worte kamen wie Bellen aus seinem Mund. Er schrie ein paarmal und knurrte drohend.

Draußen wurde es wieder still. José trat an die Tür und schlug mit der flachen Hand mehrfach dagegen. Nachdem er sich mit einem Blick durch den Türspion vergewissert hatte, dass alles geschah, wie er es verlangt hatte, trat er zurück. Er atmete schwer, wie nach einem langen Lauf.

Michael wollte nur eines: raus!

José Gómez wandte sich an ihn. „Große Bitte um

Verzeihung", begann er und faltete dabei die Hände wie ein kleines Kind. „Es … nur so schlimme Neuigkeiten. Und ich habe … Angst … Angst vor Menschen aus Vergangenheit. Vor Leuten, die Fledermäuse im Kopf haben."

An Michaels fragendem Blick musste er erkannt haben, dass der Junge ihn nicht verstand.

„Verrückt", fügte er erklärend hinzu.

Mit einem hilflosen Lächeln sah er zu Michael. Ein kurzes Zögern, dann machte er sich an einem verschrammten Hartschalenkoffer zu schaffen. Die Schlösser klickten und er nahm mehrere dunkelrote Blätter heraus. Die Schrift darauf glänzte golden und jeder Buchstabe war dick und tief in das Papier eingedrückt. Als José Michael die Seiten entgegenhielt, zuckte dieser mit den Schultern. Er konnte nicht lesen, was darauf stand. Die Worte waren in einer fremden Sprache, wahrscheinlich Spanisch.

José Gómez wedelte mit den geheimnisvollen Briefen kurz in der Luft herum und begann dann zu erzählen. „Meine Familie, Familie Gómez, hat violette Rose im Wappen. Aber vor zweihundert Jahren oder noch länger, zweite mächtige Familie in der Stadt. Familie Duarte, genannt die gelben Rosen."

Die Seiten raschelten, weil José die Hände nicht ruhig halten konnte.

„Pfannkuchen!“, schlug Michael vor. „Wenn ich aufgeregt bin, esse ich immer Pfannkuchen mit Schokocreme.“ Er schmatzte mit den Lippen und rieb sich den Bauch kreisförmig, um José klar zu machen, was er meinte.

„Hunger!“ Der Torwart klopfte sich ebenfalls auf seinen Bauch und er klang hohl wie eine Trommel. „Leeres Fass“, stellte er fest, hob den Hörer des Zimmertelefons ab und verlangte in seinem gebrochenen Deutsch, „Viele Pfannenkuchen mit Schoko.“

„Schokocreme! Oder noch besser: Nougatcreme!“, flüsterte Michael ihm zu. Der Fußballer tat ihm irgendwie Leid. Er musste sehr geschockt sein.

Nachdem José aufgelegt hatte, nahm er eine Flasche Wasser aus der Minibar und leerte sie in einem Zug. Michael bot er Cola an.

„Zwischen Familie Gómez und Duarte immer Kampf“, setzte er fort. „Kampf um Macht und Geld. Und dann, eines Tages, meine Ururgroßmutter Isabella hat sich verliebt in Sohn Juan von Duarte. Wie Romeo und Julia. Die beiden wollten heiraten.“

Michael kannte Romeo und Julia von seiner größeren Schwester, die das Thema in der Schule durchgenommen und die Liebesgeschichte daheim erzählt hatte. Auch Romeo und Julia kamen aus verfeindeten Familien.

„Juan wurde überfallen und getötet. Wer Täter, keiner weiß. Niemals herausgefunden. Aber Duarte haben gesagt, dass es jemand von Gómez muss gewesen sein. Sie haben begonnen zu kämpfen. Krieg in eigenem Ort ist ausgebrochen. Schlimm."

José holte die nächste Wasserflasche aus dem Kühlschrank, legte den Kopf zurück, öffnete den Mund und quetschte sich das Wasser aus der Kunststoffflasche hinein. Mit einem genüsslichen Seufzer wischte er sich den Mund ab und rülpste. Verlegen grinste er Michael an.

Es klopfte an der Tür. Der Torwart zuckte wie elektrisiert zusammen. Er spähte durch das Guckloch und fragte:

„Sind Sie allein, bestimmt?"

Dumpf kam eine zustimmende Antwort.

Gómez öffnete, die Sicherheitskette noch vorgelegt. Mit einem weiteren Blick vergewisserte er sich, dass der Kellner die Wahrheit sagte. Als er sicher war, dass der Gang leer war, machte er die Tür ganz auf und zog schnell einen Servierwagen herein. Mit einem Knall fiel die Tür wieder ins Schloss.

Auf der weißen Tischdecke stand ein Teller mit silberner Abdeckhaube, daneben ein großes Glas mit Schokocreme. Michael stieg der Duft der Pfannkuchen in die Nase und ihm lief das Wasser im Mund zusammen. José ließ sich von ihm zeigen, wie man die Pfannkuchen mit der Creme bestrich, zusammenrollte und mit den Fingern in den Mund schob. Die beiden hielten neben dem Servierwagen ein kleines Picknick ab.

„Schließlich König des Landes hat beschlossen, dass Duarte müssen verlassen Stadt. Sie sind fort, aber haben Gómez verflucht und gedroht, eines Tages sie werden kommen zurück und uns alle töten."

„Gibt es so etwas wirklich, nicht nur im Krimi?", fragte Michael zweifelnd.

„Lange Jahre Ruhe. Gar nichts. Vor sechs Jahren dann, sehr, sehr trauriges Ereignis. Meine Mama und Papa, beide gestorben bei Autounfall."

Michael fühlte mit dem Torwart mit. Seine Eltern zu verlieren, musste schlimm sein. Er konnte sich das gar nicht vorstellen.

José deutete auf die dunkelroten Seiten.

„Briefe ... von Duarte. Zeit der Rache gekommen. Sie behaupten, Unfall meiner Eltern kein Unfall. Sie hätten sie getötet. Und jetzt ... ich!"

Von draußen wurde hart an die Tür geklopft.

Michael schrie erschrocken auf.

Jemand rief etwas auf Spanisch. José antwortete aufgebracht mit einer Mischung aus Wut und Angst in der Stimme.

FEUCHTER BETON

Finsternis umgab Axel. Er wagte nicht zu atmen. Nicht mehr als drei Schritte war er von seinem grausigen Fund entfernt. Panik stieg in ihm auf. Er hatte das Gefühl, jeden Augenblick könnte sich vor ihm etwas bewegen und nach ihm fassen.

„Axel?", kam vom Gang vorsichtig fragend und so unsicher wie sonst nie Lilos Stimme.

Es war das Schwarz, das sie umgab, das allen Angst einflößte. Eine Angst wie damals, als sie kleine Kinder waren und das Licht im Zimmer vor dem Zu-Bett-Gehen ausgeschaltet wurde. Da hatten sie auch das Gefühl gehabt, aus jeder Ecke könnte ein Gespenst auftauchen oder unter dem Bett läge ein schwarzer Mann, der langsam darunter hervorgekrochen käme.

„Sag was!“ Lilos Stimme zitterte.

Erst nach mehrmaligem Schlucken gelang es Axel ihr zu antworten. „Hier ist betoniert worden.“

„Na und?“

„Im Beton … Lilo … da ist …“ Axel konnte nicht weiterreden.

„Was?“

Lilo tastete sich an der Wand entlang näher an die Türöffnung heran, durch die der Lichtschimmer gefallen war. Sie konnte rein gar nichts sehen.

„Wo ist das Licht hergekommen?“, wollte Lilo wissen.

„L… L… Lampe“, brachte Axel mühsam heraus.

„Wieso ist sie ausgegangen?“

„Weiß nicht!“

„Wo ist sie?“

Das wusste Axel, aber er wollte unter keinen Umständen dorthin. Dazu hätte er sehr nahe an das herangehen müssen, was ihm einen Schreck wie einen gefrorenen Pfeil durch den Körper gejagt hatte.

Lilo tastete sich weiter vor bis zur Türöffnung, streckte den Arm aus und versuchte Axel zu ertasten. Wie blind griff sie in die Luft, schob sich Stück für Stück weiter vor und bekam ihn endlich zu fassen. Axel brüllte auf, als hätte sie ihm einen schrecklichen Schmerz zugefügt.

„Ich bin es nur, Lilo!“, flüsterte ihm seine Freundin beruhigend zu. „Reg dich ab.“

Axels Pulli war nass geschwitzt. Er taumelte auf Lilo zu und schlang seine Arme um sie, als wollte er sie nie mehr loslassen.

„Lass den Quatsch“, beschwerte sie sich und versuchte ihn wegzuschieben.

„Es ist … es ist … eine …“ Noch immer schaffte Axel nicht es auszusprechen.

Lilo befreite sich aus seiner Umklammerung, aber Axel griff immer wieder nach ihr, als wäre sie seine lebendige Rettungsleine.

„Hör auf, es reicht.“ Sie schubste ihn zur Seite und bückte sich. Sie spürte Axel hilflos neben sich herumtorkeln. Lilo ließ ihre Handflächen auf der Suche nach der Lampe knapp über den Boden wandern. Sie stieß gegen einen harten Papiersack, den Stiel einer Schaufel, Sand und schließlich einen Gegenstand aus Plastik. Als sie mit der zweiten Hand prüfend darüber fuhr, stellte sie erleichtert fest, dass sie die Lampe gefunden hatte. Sie befühlte sie und entdeckte einen Schiebeschalter, den man hinauf und hinunter bewegen konnte.

Kaum hatte sie den Schalter betätigt, glomm hinter einem kreisrunden Glas ein sehr schwaches Licht auf. Der Schein traf Axels Hosenbeine und dann sein Gesicht. Schützend hob er die Hände vor die Augen. Lilo streckte die Lampe von sich und leuchtete in den Raum hinein. Auf dem Boden verteilt lagen Sand, Zement, eine Schubkarre, eine Schaufel, eine Maurerkelle und eine Schöpfkelle – wie auf einer Baustelle.

Im Boden befand sich eine Kuhle, die mit flüssigem Beton ausgegossen worden war.

Lilo atmete heftig ein. Sie verstand auf einmal Axels Reaktion. Auch ihre Beine versagten fast den Dienst, als sie sich aufrichtete und zu ihrem Knickerbocker-Freund torkelte.

„Komm, raus … schnell raus!" Sie schubste ihn vor sich her durch die Türöffnung. Wer wusste, wie lange die Lampe noch brannte! Jetzt lieferte sie einen winzigen Lichtschein und den mussten sie nutzen.

Auf dem Gang, an die Wand gepresst, warteten Dominik und Poppi. Lilo breitete die Arme aus und trieb ihre Freunde vor sich her den Gang hinunter in Richtung der Tür, durch die André gegangen war. Sie hatte keine Ahnung, wie weit es noch war, öffnete jede Tür, die links von ihnen auftauchte, fand dahinter aber weder ein Treppenhaus noch einen Ausgang oder einen Lift, sondern immer Lagerräume oder leere Kammern, in denen alles aus Beton war wie in einem Verlies.

Es musste grauenhaft sein, hier eingesperrt zu sein. Niemand würde einen hören können, und niemand würde einen finden, wenn der Keller längere Zeit nicht benutzt werden würde.

Endlich. Fast erschien es den vier Knickerbocker-Freunden wie ein Wunder. Sie hatten eine Tür gefunden, die zu der Treppe führte, über die sie heruntergekommen waren. Auch dort brannte kein Licht. Als sie sich zur ersten Stufe gerettet hatten, ging die Lampe in Lilos Hand aus. Aber sie konnten jetzt auf allen vieren die Treppe hinaufkrabbeln, bis sie das Erdgeschoss erreichten.

Im Hotelzimmer fand inzwischen ein aufgebrachter Wortwechsel durch die Tür statt. Wieder verstand Michael kein Wort, weil nur Spanisch gesprochen wurde. In Josés Gesicht war aber zu lesen, dass er höchst Erstaunliches erfuhr. Er sprach immer ruhiger und schließlich wandte er sich an Michael.

„Vor der Tür, das ist ein Duarte."

Es musste sich um den Mann mit dem Walrossschnauzbart handeln, den Michael an der Rezeption gesehen hatte.

„Mein Großvater ihn angerufen. Ich Großvater erzählt von den Briefen und böse gefragt, wieso er mir nie die Wahrheit über meine Eltern gesagt."

„Und?“ Michael ließ sich den letzten Pfannkuchen schmecken und kratzte mit dem Löffel das Schokoglas leer.

„Miguel Duarte ist gekommen. Extra mit Flieger. Er ist sehr sauer. Er sagt, kein Duarte jemals würde Menschen umbringen, wegen Sache von so lange her. Jemand muss lügen und mir machen Angst. Damit ich nicht kann spielen, wie gestern. Völlig fertig war ich. Nerven zerrissen.“

Die zerrissenen Nerven hatte Michael zu spüren bekommen, und sie hatten ihm ziemlich Angst gemacht. Er kombinierte: „Nutzen hat davon nur das andere Team. Jemand von denen muss Ihnen die Briefe geschickt haben. Damit Sie ausscheiden und nicht im Tor stehen und alle Bälle halten.“

„Das würden machen Gegner?“ José schnaubte halb wütend, halb ungläubig.

„Wohnen die Blau-Grünen nicht auch hier im Hotel? Wir gehen hin und fragen. Nehmen Sie die Briefe mit. Vielleicht verrät sich der Absender.“

Als sie die Tür öffneten, stand der kleine Spanier davor und musterte José und Michael aus seinen wachen dunklen Augen. Völlig überraschend packte er José und drückte ihn fest an sich. Anschließend klopfte er ihm auf den Rücken und streckte ihm die Hand als Zeichen der Versöhnung hin.

„Herr Duarte soll gleich mitkommen", schlug Michael verschmitzt vor. Er flüsterte José etwas ins Ohr, das diesen sogar zum Lächeln brachte.

Nicht einmal vierundzwanzig Stunden nach dem Match stand die Knickerbocker-Bande wieder im Büro von Frau Trissener. In der Aufregung hatte Lilo vergessen anzuklopfen und war einfach durch die Tür gestürmt. Beide Hände auf die Tischplatte gestemmt, hatte sich Frau Trissener aufgerichtet und sie hinauswerfen wollen, aber Dominik war schneller gewesen und hatte sofort ohne Punkt und Komma über

die grässliche Entdeckung im Keller angefangen zu reden.

Ohne ihn zu unterbrechen, hörte Frau Trissener zu. Poppi hatte den Eindruck, sie vergaß vor Anspannung sogar, mit den Augenlidern zu zucken.

„Das wäre ... Mord", sagte sie mit trockener Kehle, als Dominik endlich fertig war. „Polizei! Feuerwehr! Rettung!" Sie riss den Hörer des Tischtelefons ans Ohr und hämmerte mit dem Zeigefinger die Notrufnummer ein. An ihrer angespannten Miene war zu erkennen, dass etwas nicht stimmte. Frau Trissener drückte die Gabel herunter, lauschte am Hörer, klopfte mehrmals auf den Unterbrecher, lauschte erneut und blickte dann auf.

„Tot! Die Leitung ist tot!"

„Wir müssen zum Pförtner, vielleicht geht das Telefon bei ihm", rief Poppi.

Dominik aber bedeutete ihr zu bleiben und zog sein Handy aus der Jackentasche. Er schaltete es ein und wählte den Notruf.

Noch immer zitterte Axel am ganzen Körper und verfluchte sich dafür. Er hasste es, Angst zu zeigen. Die schlimmen Bilder tauchten aber immer wieder vor seinen Augen auf.

Aus dem Beton hatten eine Hand mit weißlicher Haut und ein Büschel dunkler Haare geragt.

Lilo fiel der anonyme Brief wieder ein, den Frau Trissener in der Pause des Spieles bekommen hatte.

„Warnung: Erdeltal hat Leichen im Keller hinterlassen. Überzeugen Sie sich“ – so hatte der Text gelautet.

Poppi schob sich dicht an Lilo heran, weil sie fror. Zum Glück hatte sie keinen Blick in den Raum geworfen. Für sie wäre der Schock noch schlimmer gewesen als für Axel und Lilo, die doch etwas älter waren.

Durch die Verbindungstür trat André. Überrascht blieb er stehen und blickte zwischen der Bande und seiner Chefin hin und her.

„He, Mann, was geht hier ab?“

„Frag besser, was bei euch im Keller liegt!“, sagte Axel düster.

André hielt einen Packen Unterlagen in der Hand und trug ihn zum Schreibtisch von Frau Trissener. „Hier die Sachen, um die Sie mich gebeten haben“, sagte er und wandte sich den Knickerbockern zu. Dann fragte er in vertraulichem Ton: „Also, was liegt da im Keller?“

„Eine Leiche“, antwortete Lilo leise. „Jemand hat einen Toten in den feuchten Beton geworfen, um ihn auf diese Weise verschwinden zu lassen.“

NÄCHSTE SCHRITTE

Der *Krake* war zufrieden. Oder besser gesagt: Er war nicht unzufrieden. Sein Plan hatte, bis auf kleine Pannen, bisher perfekt funktioniert. Die Zwischenfälle hatten sich aber nicht vermeiden lassen. Doch er hatte sofort gewusst, wie er damit umzugehen hatte.

Die erste Stufe seines Vorhabens war gut über die Bühne gegangen.

Der Spuk war damit aber noch nicht zu Ende. Das war erst der Anfang gewesen. Der *Krake* verschränkte die Finger, bog sie durch und ließ die Knöchel knacken. Viele Leute mochten dieses Geräusch nicht, weil es ihnen Gänsehaut verursachte. Der *Krake* aber liebte es. Dieses Knochenknacken erinnerte ihn an die Zeit, als er ein Kind war.

Einen Moment lang war er sehr traurig, dann aber

schüttelte er den Kummer ab wie ein nasser Hund Wassertropfen und begann sich im Geiste auszumalen, was er in der folgenden Nacht vorhatte. Viele Male schon hatte er sich vorgestellt, was sich im Stadion abspielen würde. Es war ein schauriger Spuk, etwas wirklich Grässliches, das er plante.

Angst wollte er sehen. In den Augen seines Opfers sollte die kalte, nackte Angst stehen. Vorfreude ergriff ihn und verursachte ihm einen wohligen Schauer.

Axel, Lilo, Poppi, Dominik und Michael fläzten auf Matratzen in einer Ecke von Anitas Loft. Michael staunte über die Wohnung. So etwas hatte er noch nie zuvor gesehen. Poppi fiel auf, dass er die ganze Zeit eine Hand auf dem Bauch liegen hatte.

„Bauchschmerzen?", erkundigte sie sich mitfühlend.

Michael nickte verlegen. Es waren doch ein paar Pfannkuchen zu viel gewesen, aber sie hatten einfach zu gut geschmeckt.

Wie von einer Tarantel gestochen sprang Lilo plötzlich auf und lief in der Halle auf und ab.

„Es ist die größte Blamage, die die Knickerbocker-Bande jemals erlebt hat!" Nach dem, was sich im Stadion abgespielt hatte, konnte sie nicht still sitzen.

„Bist du sauer, weil wir so viel Krach bei den Grün-

Blauen gemacht haben?" Michael hatte den Kopf leicht eingezogen, als erwarte er eine Rüge. Seit er sich mit der Bande in Anitas Wohnung getroffen hatte, war Lilo geladen wie eine Gewitterwolke. Den Grund dafür hatte er bisher noch nicht erfahren. „Duarte hat einfach losgelegt, als ihm José erklärt hat, dass jemand aus der gegnerischen Mannschaft die Drohbriefe geschrieben haben könnte. Ihr hättet ihn sehen sollen!"

Michael musste an die verschlafenen Fußballer denken, die er alle aus ihren Zimmern getrommelt hatte. Da viele einfach nicht geöffnet hatten, hatte er eines der gläsernen Kästchen an der Wand eingeschlagen und den Feueralarmknopf gedrückt. Sofort hatte eine Sirene mit ohrenbetäubendem Quietschen losgelegt, und alle Kicker des grün-blauen Teams waren auf den Flur gestürzt.

José hatte versucht Duarte zu stoppen, was ihm schließlich auch gelungen war. Die Schultern breit gemacht, leicht nach vorn gebeugt und keuchend wie nach einem Ringkampf hatte der Spanier da gestanden und unter den buschigen Augenbrauen die Spieler und ihren Trainer angestarrt. Es hatte José einige Mühe gekostet, die richtigen deutschen Worte zu finden und zu erklären, was der Grund für die Aufregung war.

„Und? Hat sich irgendeiner von ihnen verdächtig verhalten? Vielleicht der Trainer?“, wollte Axel von Michael wissen.

„Keiner. Sie schienen wirklich verwirrt und müde. Ich glaube, die Niederlage hatte sie einfach geschafft!“, berichtete Michael.

Lilo fuhr wild gestikulierend dazwischen. „Ja, ja, ja, alles gut und schön. Hast du o. k. gemacht.“

Beim Wort O. K. machte Michael ein enttäuschtes Gesicht. Poppi knuffte ihn und murmelte: „Echt Klasse. Wie ein Knickerbocker.“

Vor einem hohen, nach oben spitz zulaufenden Sack blieb Lilo stehen und ließ sich rücklings hineinfallen. Der Sack war mit Styroporkügelchen gefüllt, und wenn man mit dem Po ein bisschen hin und her rutschte, entstand eine angenehme Sitzmulde.

„Wie die Vollidioten haben wir dagestanden. Ich hoffe, dieser Griesgram von Polizist macht seine Drohung, deine Mutter anzurufen, nicht wahr, Axel!“, jammerte Lilo los.

Das hoffte Axel auch. Seine Mutter hatte sehr viel gearbeitet und war deshalb etwas gereizt. Außerdem hatte Poppis Mutter, Frau Monowitsch, ihr mindestens eine Stunde lang am Telefon erklärt, wie sie sich um Poppi kümmern sollte. Frau Monowitsch würde ihre Tochter am liebsten in Watte packen.

„Hast du eine Erklärung?“, fragte Axel Lilo.

Diese warf sich auf dem Sitzsack hin und her und knetete die Nasenspitze. Diesmal schien es jedoch überhaupt nicht zu helfen. In ihrem Kopf war nur dunkelgrauer Ärger. Sie konnte sich keinen Reim auf das machen, was im Stadion geschehen war.

„Tatsache ist, dass es keine Leiche gibt!“, rief sie aufgebracht. „Das Loch dort unten sollte in ein paar Tagen mit Beton gefüllt werden. Warum das jetzt schon gemacht war und wer es getan hat, weiß niemand.“

Die Polizisten hatten den noch flüssigen Beton gründlich durchsucht, aber nichts gefunden. Frau Trissener hatte daraufhin einen Wutanfall bekommen und die Knickerbocker-Bande heftig beschimpft.

„Wenigstens hat André zu uns gehalten“, warf Dominik ein, um die Stimmung ein wenig zu verbessern. Der Assistent hatte erklärt, warum sich die Bande überhaupt im Stadion befunden hatte und wie sie in den Keller gekommen war.

Es gab etwas, das Lilo besonders beschäftigte. „Wo ist diese komische Lampe abgeblieben?“ Lilo konnte sich dunkel erinnern, sie im Treppenhaus stehen gelassen zu haben, um die Hände frei zu haben. Aber die Lampe war nicht auffindbar gewesen. Wenn sie sie gefunden hätten, hätten sie eine Spur gehabt.

Poppi spielte mit einem Kissen in Form eines Affen. „Das kann kein Zufall gewesen sein, dieses Licht. Und ihr beide habt doch gesehen … also … im Beton …“ Sie wollte es nicht aussprechen.

„Wir gehen noch einmal ins Stadion“, verkündete Lilo. Ihr Vorschlag stieß aber nicht gerade auf Begeisterung. Auffordernd deutete sie mit dem Kinn auf ihre Freunde. „Hängt nicht herum wie die nassen Socken. Auf geht's! Allerdings erst gegen Abend. Ein zweites Mal möchte ich der Trissener heute nicht in die Hände laufen.“

Michael hatte auch noch etwas zu berichten. „Meinen Fußball mit den Unterschriften habe ich noch immer nicht. Heute Abend bekomme ich ihn angeblich. Dieser Herr Bannmorger muss große Angst vor dieser Reporterin haben, mit der du gedroht hast, Dominik.“

Der Knickerbocker lächelte zufrieden. Das war Zweck der Übung gewesen.

„Wir bleiben in Handykontakt“, schlug Lilo Michael vor.

Dominik schlenderte durch den langen Raum und setzte eine Kappe auf, die aus dem Kopf eines Plüschesels geschneidert war. Links und rechts hingen an seinem Kopf lange Ohren herab. Das brachte die anderen selbst in dieser Situation zum Lachen. „Zu euren Überlegungen hätte ich auch noch etwas beizutragen“, bemerkte er.

„Wird’s ein Vortrag, dann hole ich mir Popcorn und Cola!“, warf Axel ein und gähnte demonstrativ.

„Nur die Ruhe, Herr Kollege!“ Dominik griff nach einem Hut, auf den Hals und Kopf einer Stoffgiraffe aufgenäht waren. „Angeblich soll doch der Eigentümer der Baufirma, die das Stadion errichtet hat, eine Leiche im Keller haben. Ihr glaubt eine gesehen zu haben, die aber verschwunden ist. Kann das nicht vielleicht eine *Warnung* an ihn sein? Oder eine weitere Drohung?“

Den Kopf zur Seite gelegt dachte Lilo nach.

„Nicht schlecht, Herr Specht!“, stellte sie fest. „Über diesen Erdeltal sollten wir mehr herausfinden. Am besten, wir besuchen ihn.“

Poppi bewegte das Affenkissen, als würde es sprechen. Mit verstellter Stimme fragte sie: „Denkst du wirklich, der redet mit uns?“

Lilo grinste verschmitzt und warf ihre locker geflochtenen Zöpfe über die Schulter. „Da fällt mir schon was ein.“

„Gibt es hier keinen Computer? Wir könnten im Internet nachforschen!“, schlug Michael vor.

„Computer? Hier?“ Axel lachte auf. „Für Anita ist ein Kühlschrank schon ‚neumodisches Teufelszeug‘!

Von der Erfindung des Computers hat sie sicher noch nicht gehört."

„Ich habe einen daheim. Bin sogar besser als mein Papa. Dem helfe ich immer!", erklärte Michael.

„Ich komm mit dir!" Begeistert sprang Axel auf. Alles, was mit Computern zu tun hatte, gefiel ihm.

ERDELTALS REICH

Die Knickerbocker suchten aus dem Telefonbuch die Adresse von Erdeltals Firma heraus.

„Der muss es ganz schön gut gehen, dieser Baufirma“, stellte Dominik fest und deutete auf die Liste der Eintragungen. Erdeltals Hoch- und Tiefbauunternehmen hatte mehrere Büros, die über die Stadt verstreut lagen. Die Zentrale befand sich etwas außerhalb. Michael erklärte Lilo, welchen Bus sie nehmen mussten.

Dominik hatte sich unter der Zentrale ein Bürohaus vorgestellt, doch die Knickerbocker standen vor einem weitläufigen Gelände, auf dem Lastwagen ständig Material brachten oder holten. Riesige Lagerhäuser und einen Parkplatz mit Baggern und Mischmaschinen gab es hier.

Die Geschäftsleitung war in einem modernen würfelförmigen Gebäude untergebracht, das auf einer Spitze stand und aussah, als hätte ein Außerirdischer seinen Spielwürfel auf die Erde fallen lassen.

Vor dem Haus drehte sich ein kleinerer Würfel, der ebenfalls auf einer Spitze stand, und rundherum spritzten Wasserfontänen in ein Marmorbecken.

„Wirklich, Erdeltal muss gute Geschäfte machen", meinte auch Lilo.

Das Würfelgebäude wirkte wie ein Diamant inmitten von Holzkohle. Der Herbstwind trieb Wolken feinen Sandes durch die Luft und es roch nach feuchtem Zement und Beton. Während auf dem Lagerplatz Männer in blauer Arbeitskleidung und verschmierten Hosen herumliefen, sahen die Knickerbocker vor dem Firmensitz nur Leute in grauen Anzügen und schicken Kostümen. Alle hatten es eilig, niemand ging langsam und alle schleppten schwere Aktenkoffer, dicke Ordner oder Mappen.

Direkt am Eingang stand ein Wächter mit vor dem Bauch verschränkten Armen. Obwohl der Himmel bedeckt war, trug er eine Sonnenbrille. Er war fast so breit wie hoch, aber nicht dick, sondern ein Koloss aus Muskeln.

Wer auch immer in das Bürohaus wollte, musste einen Ausweis vorzeigen. Wer keinen besaß, sprach mit einer jungen Dame, die auf einem Klemmbrett eine lange Liste mit Namen hatte und darin den des Besuchers suchte. Nur wer angemeldet war, wurde eingelassen.

„Schwere Sicherheitsvorkehrungen für eine Baufirma“, wunderte sich Lilo.

„Da kommen wir nie hinein“, jammerte Poppi.

Dominik musterte sie von der Seite. „Wie ausgeprägt ist dein schauspielerisches Talent?“

„Was meinst du?“ Poppi runzelte die Stirn.

„Du bist ein niedliches Mädchen und ich wette, selbst das Herz des Muskelprotzes schmilzt, wenn du einen auf leidend und verletzt machst.“

„Ich soll was?“

Lilo zog ihre Freunde hinter eine große stehende Metalltafel, auf der der Firmenschriftzug *Erdeltal* prangte. Hier konnten sie ungesehen miteinander sprechen.

„Du tust so, als hättest du dir das Bein verstaucht“, erklärte Dominik seinen Plan. „Lilo und ich stützen dich links und rechts. Wir bitten am Eingang, dass wir telefonieren dürfen und dass du dich hinsetzen kannst, bis dich Mami und Papi abholen. Du armes Mädchen bist nämlich von einem Hund gebissen worden und dort draußen …“, er deutete zum hohen Maschenzaun, der das Werksgelände umgab,

„... dort gibt es nicht einmal eine Bank. Nur Wiese und böse Killerhunde, über die man so oft in der Zeitung liest. Vor denen musst du doch geschützt werden."

Er sagte das alles in einem mitleidigen Tonfall, der selbst Poppi fast die Tränen in die Augen trieb. Sie war mit dem Plan einverstanden. Sie sah ihn mit treuherzigem Augenaufschlag von unten an und schluchzte so echt, dass Lilo zuerst dachte, sie habe wirklich Schmerzen: „Mein Knöchel ... er tut furchtbar weh ... es war so schrecklich ..."

„Perfekt, Frau Kollegin", lobte Dominik und deutete mit Daumen und Zeigefinger ein O für O. K.

Sekunden später bewegten sich drei Gestalten auf das Bürogebäude zu, die hier so fremd wirkten wie ein Eisbär in der Wüste Sahara. Poppis Zehen berührten kaum den Boden, und wenn doch, dann verzog sie das Gesicht vor Schmerz. Dominik und Lilo hatten sich ihre Arme um die Schultern gelegt und stützten sie.

Der Wächter versperrte ihnen sofort den Weg, als sie die hohe Glastür erreichten. Er allein war etwa so breit wie die drei Knickerbocker nebeneinander.

„Bitte ... bitte helfen Sie uns ...", bettelte Dominik mit einer Verzweiflung in der Stimme, als wären sie gerade einem Rudel hungriger Wölfe entkommen.

„Unsere Freundin … einer dieser Kampfhunde hat sie gebissen. Sie steht unter Schock."

Die Antwort war ein Kopfschütteln.

Als sich die Glasscheibe wieder zur Seite schob und zwei Männer heraustraten, bemerkte das Mädchen mit dem Klemmbrett die Knickerbocker und eilte sofort herbei. Auch ihr trug Dominik die Geschichte vor, und Poppi unterstrich jeden Satz mit Wimmern und leisen Schluchzern.

„Das arme Kind, bringt es herein", sagte die Frau mütterlich und scheuchte den Wächter zur Seite. Sie führte die drei in eine Halle, in der alles aus Beton zu bestehen schien. Sogar Sitzbänke und Tische waren aus grauem Beton.

„Wartet hier, ich hole Verbandsmaterial und ein Glas Wasser!“ Die junge Dame konnte nur winzige Schritte machen, weil ihr Rock so eng war. Als sie hinter einer der Mauern verschwand, die kreuz und quer im Raum standen, sagte Lilo leise: „Los!“

„Was los?“, fragte Poppi flüsternd.

„Dominik, du bleibst hier und hältst die Tante in Schach. Poppi kommt mit. Wir suchen das Büro von Erdeltal.“

„Aber sie wird fragen, wo wir sind!“, gab Poppi zu bedenken.

„Auf dem Klo!“ Lilo zwinkerte Dominik zu. „Ich muss unser Mäuschen aufs Töpfchen bringen, weil sie sich so aufgeregt hat. Klar?“

Das Blut schoss Dominik ins Gesicht. Gern benutzte er diese Ausrede nicht, weil sie ihm ausgesprochen peinlich war. Bevor er jedoch protestieren konnte, waren Lilo und Poppi schon beim Lift, der einladend die Tür öffnete. Sie traten schnell ein und Lilo drückte einen Knopf, neben dem stand: vierter Stock – Geschäftsführung.

„Erdeltal muss in Geld schwimmen.“ Lilo bestaunte die Metallwände des Lifts, die frisch poliert waren, und die Knöpfe, die golden glänzten.

Die vierte Etage bestand aus einem ringförmigen Gang. Die äußere Wand war aus Glas und dahinter reihte sich Büro an Büro. In der Mitte des Ringes befanden sich Toiletten und eine kleine Küche.

Unentschlossen blieben die Mädchen vor der Lifttür stehen. Einfach weiterzugehen wagten sie nicht, weil sie von den Leuten durch die Glaswand gesehen werden konnten. Bestimmt tauchten hier oben nicht oft zwei fremde Mädchen auf.

Der zweite Lift neben ihnen kündigte mit einem hellen Pling das Eintreffen einer weiteren Kabine an. Poppi und Lilo traten schnell in ihre Liftkabine zurück. Lilo suchte den Knopf zum Schließen der Tür, doch es gab keinen. Die Tür ging automatisch zu, was eine Ewigkeit zu dauern schien.

Nebenan stieg eine Frau aus und schritt energisch an den Mädchen vorbei, ohne einen Blick auf sie zu werfen.

Zum Glück!

Schon an der Größe hatten die beiden Knickerbocker sie sofort erkannt: Es war Frau Trissener. Sie schien unter Hochdruck zu stehen, ähnlich einem Kessel, in dem sich zu viel Dampf angestaut hatte.

„Warte hier", flüsterte Lilo und trat auf den Gang hinaus. An der Seite stand ein mit einigen Zeitschriften beladener kleiner Rollwagen. Lilo schob ihn vor sich her und tat so, als würde sie die Magazine verteilen. Mit gesenktem Kopf folgte sie Trissener.

Diese ging gleich auf die dritte Tür zu und stieß sie auf, als wolle sie das Schloss aus der Verankerung reißen. Lilo hörte sie bellen: „Ich bin mit Herrn Erdeltal verabredet."

„Guten Tag, Frau Trissener, er telefoniert noch!", sagte eine unterwürfige Stimme.

„Dann wird er das Gespräch beenden!"

„Aber bitte, Frau Trissener ..."

Aus dem Büro drang das Poltern eines umfallenden Stuhles und ein Krachen. Einen Moment lang glaubte Lilo, Frau Trissener habe die Tür zu Erdeltals Büro eingetreten.

„Ich bin noch nicht fertig, warten Sie draußen", dröhnte Erdeltals sonore Stimme auf den Gang.

„Ist mir herzlich egal. Jetzt rede ich und Sie werden brav zuhören, weil ich sonst einen Skandal auslösen werde, der Ihnen das Genick brechen wird. Darauf können Sie sich verlassen."

Auf einmal war es totenstill. Lilo zählte im Kopf die Sekunden, in denen kein Laut aus dem Büro drang. Als sie bei acht angekommen war, gab Erdeltal klein bei. „Machen Sie die Tür hinter sich zu und setzen Sie sich." Seiner Sekretärin rief er scharf zu: „Und Sie lassen nicht noch jemanden rein, Frau Trumann, sonst fliegen Sie."

Nachdem die Tür, die Sekretariat und Chefbüro

verband, zugegangen war, atmete Frau Trumann hörbar durch die Nase ein.

Lilo stand gegen eine Metallsäule gepresst, die nur ein wenig breiter war als sie selbst, ihr aber Schutz bot, sodass sie nicht von der Sekretärin entdeckt werden konnte.

Das Gespräch von Trissener und Erdeltal war laut und heftig. Es ging, soweit Lilo verstand, um Bauschäden am Stadion, die schon längst hätten behoben werden sollen. Der Termin dazu war aber immer wieder verschoben worden.

Laut genug, sodass Lilo es hören konnte, sagte Trissener: „Und was ist das mit der ‚Leiche' im Keller, vor der ich gewarnt wurde? Wirklich ein Scherz? Da sind Kinder, die behaupten, dass sie im feuchten Beton des Stadionkellers wirklich einen Toten gesehen haben. Nur finden kann ihn die Polizei nicht."

„Was?" Erdeltal schlug mit einem Gegenstand auf die Schreibtischplatte, dass es knallte.

Neben Lilo räusperte sich jemand deutlich. Lilo hatte nicht bemerkt, dass die Sekretärin aufgestanden und auf den Gang gekommen war. Jetzt stand sie direkt neben ihr.

Frau Trumann reichte Lilo nicht einmal bis zu den Schultern und passte dem Aussehen nach gut zu ihrem Chef. Wie er war auch sie hager, ausgetrocknet und hatte nur wenige fedrige Haare auf dem Kopf. Erinnerte er an ein Erdmännchen mit Haarausfall, so sah seine Sekretärin aus wie ein gerupftes Küken.

Da ihr im Augenblick nichts Besseres einfiel, verzog Lilo den Mund zu einem freundlichen Lächeln.

„Was machst du hier?“ Frau Trumann starrte Lilo erstaunt an.

Später konnte Lilo nicht sagen, warum sie so reagiert hatte, aber sie hörte sich auf einmal selbst sagen: „Ich habe die Leiche im Beton gesehen. Im Stadionkeller.“

Eine knochige kleine Hand griff nach ihrem Arm und umklammerte ihn.

„Hat er … hat er jemanden umgebracht und … du meinst … wie in den Mafiafilmen … im Beton versenkt?“ In den trüben grünen Augen der Sekretärin flackerte Sensationslust. Sie blühte auf wie eine Blume, die wieder Wasser bekam.

„Möglich …“, sagte Lilo ausweichend.

„Das musst du mir alles ganz ausführlich erzählen!“ Die Sekretärin zog Lilo in eine kleine Teeküche.

„Meine Freundin ist auch da“, bemerkte Lilo vorsichtig. Sie spürte, dass sie von der Sekretärin eine Menge erfahren konnte, wenn sie es richtig anstellte.

Wenig später standen die beiden Mädchen und Frau Trumann zwischen Geschirrschränken, Kaffeemaschinen und Teeautomaten. Die Tür war geschlossen und die Sekretärin ließ sich bis in kleinste Detail schildern, was die Knickerbocker im Stadionkeller erlebt hatten.

„Das Genick soll es ihm brechen", fauchte Frau Trumann schadenfroh und boxte mit der Rechten in die offene Linke. „Sie sollen ihn endlich kriegen, diesen Halsabschneider, diesen Mafioso, diesen Schweinehund."

Die Knickerbocker-Mädchen wechselten einen ratlosen Blick.

„Er sieht doch nett aus, Ihr Chef." Dieser Satz war von Lilo als Köder gedacht und Frau Trumann biss sofort an.

„Nett? Er ist der Teufel auf Erden! Hat versprochen, mich und meinen Mann zu unterstützen, als wir unser Haus gebaut haben. Später hat er dann alles viel teurer berechnet, als es uns sonst gekostet hätte. Abarbeiten muss ich jetzt alles. Ständig droht er mir mit Kündigung, und eine neue Anstellung finde ich in meinem Alter sicher nicht mehr. Er ist grausam und kriminell. Zeit, dass die ganze Stadt endlich davon erfährt."

Der Hass sprühte wie giftgrüne Funken aus Mund und Augen der Frau.

Mit einem Ruck wurde die Tür der Teeküche aufgerissen. Die zerknitterte Gestalt Erdeltals erschien im Türrahmen.

„Ich rufe die ganze Zeit nach Ihnen, Sie Schlafmütze!", schnauzte er die Sekretärin an. „Kaffee für mich und Wasser für die gnädige Frau." Das ‚gnädige' klang sehr abfällig aus seinem Mund. Mit einem Seitenblick auf Lilo und Poppi fragte er: „Wer sind die? Sie wissen: keine privaten Besuche während der Arbeitszeit."

„Wir gehen dann lieber, Tante!", verabschiedete sich Lilo von der völlig verdutzten Frau Trumann. Sie winkte Poppi und stürzte aus der Küche in Richtung Lift. Das Glück war auf ihrer Seite, denn soeben stieg ein Mann mit eiligen Schritten aus. Erleichtert atmeten die Mädchen auf, als sich die Tür schloss und der Lift hinunterschwebte.

Beim Aussteigen sahen sie Dominik auf das Mädchen mit dem Klemmbrett einreden. Langsam fuhr er mit den Armen auf und ab und schien nach Worten zu ringen. Lilo und Poppi liefen zu ihm, weil er eindeutig Hilfe brauchte.

„Dein Fuß? Du kannst ja wieder laufen!", staunte das Mädchen ohne Argwohn.

„Ganz plötzlich", piepste Poppi. „Knacks, und es ging wieder."

„Aber danke für die Hilfe!" Bevor das Mädchen

weitere Fragen stellen konnte, eilten die drei Knickerbocker auf den Ausgang zu.

„Halt!“, tönte es auf einmal hinter ihnen scharf.

Die Stimme war unverkennbar. Erdeltal persönlich war ihnen gefolgt.

RÄTSEL DER SONDERKLASSE

Lilo, Poppi und Dominik standen im Büro Erdeltals wie Schüler, die etwas ausgefressen hatten. Hinter ihnen ragte Frau Trissener auf und blickte verächtlich auf sie herab.

„Eine Leiche im feuchten Beton, so, so“, sagte der Bauunternehmer bestimmt schon zum zehnten Mal. „Ein Brief, der mich anschwärzt und just in dem Moment auftauchte, als ihr in der Nähe wart. So, so!“ Er spielte auf die anonyme Nachricht an, die die Bedienung während des Fußballmatches Frau Trissener gebracht hatte. „Das alles sollen Zufälle sein?“ Er nahm ein langes Metalllineal in die Hand und ließ es auf die Tischplatte sausen. Ein Knall ähnlich einem Pistolenschuss ertönte. Aus voller Brust brüllte er: „Für wie verblödet haltet ihr mich? Ihr macht das wohl alles für euer Tantchen." Mit dem Kopf deutete er ins Vorzimmer.

Lilo öffnete den Mund, kam aber nicht dazu, etwas zu sagen. Erdeltal schrie weiter. „Das nennt man Rufmord, und ihr macht euch strafbar. Anzeigen werde ich euch. Und die Trumann haue ich raus."

Seine schlaffe Gesichtshaut füllte sich mit Blut und ließ ihn aussehen wie einen müden Luftballon.

Wie im Unterricht hob Lilo die Hand.

„Darf ich auch etwas sagen?"

Erdeltal schrie das Ja geradezu.

Vorsichtig versuchte Lilo alle Missverständnisse und Verwechslungen aufzuklären. Erdeltal wollte sie nach jedem Satz unterbrechen, aber Lilo redete einfach weiter.

„Zusammenfassend noch einmal: Wir sind durch Zufall in den Keller des Stadions gekommen und haben dort etwas Fürchterliches gesehen. Wir wollten mit Ihnen reden, weil wir während des Matches gehört haben, dass jemand versucht, Sie anzuschwärzen. Da wir an Ihrem Wachhund vor der Tür nicht vorbeigekommen wären, haben wir geflunkert. Als wir Sie in der Teeküche gesehen haben, hat uns der Mut verlassen."

Leider war Lilo keine so gute Schauspielerin wie Poppi.

„Du lügst!“, schleuderte ihr Erdeltal ins Gesicht. „Falls die Trumann nicht hinter allem steckt, wer dann? Raus mit der Sprache!“

Die Sekretärin hatte sich wieder in eine kleine Maus mit räudigem Fell verwandelt. Piepsend stand sie in der Tür und bestätigte, dass sie nicht mit den Kindern verwandt war.

„Bestimmt haben Sie den Kindern das Märchen aufgetischt, ich würde Sie ausquetschen wegen Ihres Häuschens. Haben Sie ihnen auch gesagt, dass Sie das Geld nicht zurückzahlen wollten, das ich ihnen geborgt habe, und dass wir es deshalb von Ihrem Lohn einbehalten?“

Frau Trumann war in sich zusammengesunken und schien nur noch ein Häuflein Elend.

Selbst Lilo, die sonst Leute sehr schnell durchschaute, wusste nicht mehr, was sie von der Sekretärin und Erdeltal halten sollte. Der Fall „Spuk im Stadion“ wurde immer verwirrender.

„Verschwinden Sie, Trumann, und schließen Sie die Tür.“ Erdeltal gab seinem Befehl mit einem neuerlichen Knall des Lineals Nachdruck.

„Das ist für Sie gekommen!“ Ein schwarzer Umschlag lag in Frau Trumanns Hand. Sie näherte sich gebeugt dem Schreibtisch und sah aus, als hätte sie Angst, geschlagen zu werden.

Dominik machte sich im Kopf eine Notiz: „Erdeltal sieht aus wie ein räudiges Erdmännchen. In ihm steckt aber ein Höllenhund, der nach allem beißt." Der Bauunternehmer hatte in seinen Augen etwas Verschlagenes, etwas Kaltes, Gefährliches, das wie hinter einer dicken Stahlbetonwand versteckt war und nur darauf lauerte, freigelassen zu werden.

Erdeltal nahm Frau Trumann den Umschlag aus der Hand und riss ihn auf. Das Blatt, das er herauszog, war dunkelrot wie die Drohbriefe, die José und Frau Trissener erhalten hatten. Die Stadionleiterin hielt die Luft an.

Die Augen Erdeltals glitten über die Nachricht. Dominik hatte den Eindruck, das Gesicht des Bauunternehmers erstarre plötzlich zu Stein. Bemüht, sich nichts anmerken zu lassen, faltete Erdeltal den Brief wieder zusammen und ließ ihn in der Schublade seines Schreibtisches verschwinden. Dann beugte er sich, die Hände auf die Tischkante gestützt, zu den drei Knickerbocker-Freunden herüber.

„Wer auch immer euch für diesen hirnlosen Quatsch benutzt, bestellt ihm Grüße von mir. Ich lasse mich ganz bestimmt nicht durch solche Kindereien beeindrucken. Und jetzt raus mit euch."

Obwohl Lilo noch viele Fragen auf der Zunge lagen, verließ sie mit ihren Freunden den Raum. Beim

Hinausgehen bekam sie mit, dass Frau Trissener mehr über den Brief wissen wollte, als Antwort aber nur die unfreundliche Aufforderung erhielt, sie solle so schnell wie möglich verschwinden.

„Jedes große Gebäude in der Stadt ist von Erdeltal gebaut", berichtete Axel, der bei Michael Nachforschungen über das Internet angestellt hatte. „Er scheint aber nicht wirklich beliebt zu sein. Offensichtlich ist er immer billiger als alle anderen, und deshalb bekommt er jeden Auftrag. Er zeigt sich gern bei Partys und so. Grinst in die Kameras der Fotografen wie ein Hai mit Haarbüschel auf dem Kopf. Unter den Bildern stehen aber meistens bissige Kommentare."

„Was heißt'n das?", meldete sich Dominik aus der Küchenecke, wo er aus verschiedenen Fruchtsirups für sich und die anderen exotische Cocktails mixte.

„Ach, zum Beispiel: der Betonbaron oder der Hochhausherr. Lauter solche Ausdrücke. Irgendwann hat Erdeltal der Stadt ziemlich viel Geld gespendet für ein neues Museum. Das Bild, das ihn bei der Scheck-überreichung mit dem Bürgermeister zeigt, spricht Bände."

„Inwiefern?" Dominik schmeckte den Saft mit einem Schuss Kirschensirup ab und war zufrieden.

„Dieser Erdeltal ist gierig wie ein Geier", erklärte

Axel. „Es war ihm anzusehen, wie sehr ihn die Geldübergabe schmerzte."

„Geier sind nicht gierig", mischte sich Poppi ein. „Ich mag es nicht, wenn Tiere mit negativen Eigenschaften von Menschen belegt werden."

Wieder lief Lilo in der weiten Halle auf und ab und knetete intensiv die Nasenspitze. Sie schien das Gespräch der Jungen nicht zu verfolgen, sondern völlig in ihre Überlegungen vertieft zu sein. Abrupt blieb sie stehen, und Dominik, der mit einem Tablett voller Gläser aus der Küchenecke kam, konnte in letzter Sekunde einen Zusammenstoß vermeiden.

„Leute, da kommt noch etwas. Das war alles erst der Anfang", verkündete Lilo, aber keiner verstand, was sie genau meinte. „Für mich gibt es jede Menge Fragezeichen. Was hat der Tote im Beton mit José Gómez und einer uralten Familienfehde zu tun? Wieso bekommt Erdeltal einen Brief auf demselben dunkelroten Briefpapier? Warum behauptet jemand gegenüber der Stadiondirektorin, Erdeltal hätte eine Leiche im Keller, und einen Tag später taucht tatsächlich eine auf und verschwindet dann wieder?" Nachdem sie tief Luft geholt hatte, fuhr sie fort: „Das sind lauter Steinchen, die meines Erachtens zu einem Mosaik gehören. Was das gesamte Bild aber darstellt, das ist ein Rätsel der Sonderklasse."

STADION! JETZT!

„Nein!“ Frau Klingmeier sagte das in einem Ton, der keinen Widerspruch zuließ.

Ganz nebenbei hatte Axel erwähnt, die Knickerbocker-Bande wolle am Abend noch einen kleinen Bummel durch die Stadt machen.

„Nein!“, wiederholte seine Mutter. Axel verstand ihre Strenge nicht ganz. Sie hatte nicht einmal von den Ereignissen am Vormittag im Stadion erfahren. Anita und Frau Klingmeier waren den ganzen Tag unterwegs gewesen und hatten ihre alte Schule, das Eiscafé und die Rollschuhbahn besucht, die sie als junge Mädchen unsicher gemacht hatten.

„Mama, wir sind zu viert. Was soll uns schon passieren?“, begann Axel zu betteln. Es war ihm peinlich vor den anderen, dass seine Mutter so streng war.

„Ihr wart gestern wirklich lange fort, und heute Abend möchte ich, dass wir alle hier bleiben."

Axel verdrehte die Augen. „Willst du mit uns Mensch-ärgere-dich-nicht spielen? Oder Fang-den-Hut?"

„Habe ich alles", trällerte Anita und eilte zu einer Truhe Marke Piratenschatz. Unter dem Deckel stapelten sich Schachteln mit allen möglichen und unmöglichen Brettspielen.

An eine Rückkehr in das nächtliche Stadion war also nicht zu denken. Axel kannte seine Mutter, die wachsamer war als ein Kettenhund, Ohren hatte wie ein Luchs und Augen wie ein Greifvogel, der selbst aus hundert Metern Höhe eine Maus in der Wiese ausmachen konnte.

Lilo nahm das Verbot gelassen auf. „Wir können auch morgen zurück ins Stadion", flüsterte sie Axel zu.

Durch die nächtlichen Straßen der Stadt eilte der *Krake.* Unruhe hatte ihn ergriffen. Eine große Unruhe. Möglicherweise hatte er einen Fehler begangen, dessen Tragweite noch nicht abzuschätzen war. Vielleicht beging er in wenigen Minuten den nächsten, doch es schien ihm einfach zu verlockend. Die Möglichkeit baumelte vor seiner Nase wie ein Knochen vor der Schnauze eines Hundes. Er musste zuschnappen, er konnte nicht widerstehen.

Vor ihm spiegelten sich die Straßenlampen in den Fenstern des neuen Rathauses. Ein Erdeltal-Bau. Auf einer Messingtafel rechts vom Eingang war sogar zur Erinnerung an den Eröffnungstag eingraviert, dass Erdeltal persönlich den Bau an den Bürgermeister übergeben hatte.

Was für eine jämmerliche Gestalt, dieser Erdeltal! Der *Krake* hatte nur Verachtung für ihn übrig.

Sein Weg führte ihn zu einer Litfaßsäule neben dem U-Bahn-Eingang. Es war eine eher selten benutzte Station, und zu dieser späten Tageszeit waren keine Fahrgäste mehr anzutreffen. Der Eingang lag verwaist da, nur das große, beleuchtete U drehte sich unermüdlich.

Ein Plakat, das das Konzert einer Popgruppe ankündigte, zog das Interesse des *Kraken* auf sich. Nicht, dass ihn die Musik interessiert hätte. Wirklich nicht. In seinen Ohren war es nicht einmal Lärm. Aber auf den Rand des Plakats war etwas mit wasserfestem Filzstift hingekritzelt. Wenn man genau hinsah, erkannte man verschiedene Handschriften. Der *Krake* zählte die Zeichen. Es waren acht. Angebracht von seinen acht Armen. Obwohl hier nur Wellenlinien, ein Kreis, ein doppeltes Dreieck, zwei parallele

Pfeile und ähnliche Strichzeichnungen zu sehen waren, hatte jedes Zeichen etwas zu sagen. Es stand für O. K.

Der *Krake* nickte zufrieden. Alles war bereit.

Seine Arme – also Helfer – hatten keine Ahnung, wer er war. Sie kannten ihn nur als den *Kraken*. Er war mit ihnen anonym in Chatrooms im Internet in Kontakt getreten. Und er hatte sich seine Arme sehr genau ausgewählt. Interessant für ihn waren Leute in großer Not, die vor dem Ruin standen und einfach alles tun würden, um zu Geld zu kommen. Die Aufgabe, die er ihnen stellte, hörte sich wirklich ungefährlich und einfach an, und das Honorar, das er dafür bot, war gigantisch.

Damit aber auch jeder Arm sich richtig bewegte, hatte er alle seine Helfer ausspioniert, sich nicht nur ihre Namen und Adressen besorgt, sondern vor allem ihre wunden Punkte gesucht und gefunden. Er hätte jeden spielend in Schwierigkeiten bringen können, die hinter Gittern endeten. Auf diese Art konnte er sicher sein, dass die Arme genau das ausführten, was er verlangte.

Bereits morgen Früh würde er wissen, ob das Unternehmen *Krake* endgültig abgeschlossen und zu seinem großen Triumph geworden war.

Wieso hatte er auf einmal Zweifel? Er schob sie beiseite und trat in eine Telefonzelle. Seine Hände steckten in Handschuhen aus dünnem Leder. Erstens wollte er nirgendwo Fingerabdrücke hinterlassen und zweitens war die Nachtluft kalt und könnte seiner Haut schaden.

Eine Münze fiel klimpernd durch den Einwurf. Er las von einem Zettel eine Handynummer ab und wählte.

Lilo konnte an diesem Abend lange nicht einschlafen: Ihre Gedanken kreisten immer wieder um die Vorfälle im Stadion.

An der Sache mit dem Spuk im Stadion störte sie etwas. Es konnte auch nur eine schlimme Vorahnung sein. Bisher war kaum etwas geschehen, und Lilo vermutete, dass selbst die angebliche Leiche im feuchten Beton ein böser Scherz gewesen war. Wahrscheinlich war es nur eine Puppe gewesen, die jemand dort hineingelegt hatte.

Aber wozu?

Sollte es vielleicht eine Warnung sein? Oder eine Drohung? Die Möglichkeit bestand zweifellos. Aber wer sollte gewarnt oder eingeschüchtert werden?

Dominik schnarchte bereits leise und gleichmäßig und Axel schmatzte im Schlaf, wie er es so oft tat. Poppi summte leise vor sich hin. Eine Angewohnheit, die Lilo schon ein paarmal aufgefallen war, wenn die Bande gemeinsam auswärts übernachtete.

Irgendwann nickte sie dann ein und träumte von einem Stadion und einem Regen aus flüssigem Beton, der über dem Spielfeld niederging. Immer höher stieg der zähe graue Brei und die Zuschauer – das Stadion war bis auf den letzten Platz ausverkauft – klebten an ihren Sitzflächen fest und konnten sich nicht in Sicherheit bringen. Lilo hörte sie schreien. Und surren.

Surren?

Es surrte an ihrem Ohr und unter dem Kopfkissen vibrierte es. Lilo hatte das Gefühl, sie müsse aus großer Tiefe auftauchen, um wach zu werden. Ihre Gehirnzellen setzten sich langsam in Bewegung und meldeten schließlich: Anruf! Anruf auf dem Handy. Gewohnheitsmäßig hatte Lilo es unter ihr Kopfkissen gelegt. Ihre Mutter behauptete zwar, das sei nicht sehr gesund, doch einige von Lilos Freundinnen riefen manchmal mitten in der Nacht an, um ihr die neuesten Geschichten aus der Schule zu erzählen.

Die Anzeige des Handys leuchtete Lilo entgegen, als sie es hochhob. *Anrufer unbekannt.* Lilo stutzte, drückte die Empfangstaste und nahm das Telefon ans Ohr. Verschlafen meldete sie sich mit einem lang gezogenen: „Jaaa?“

Zuerst war nichts zu hören. Nur das Rauschen der Funkverbindung.

„Hallo?"

„Stadion. Jetzt."

Danach war die Leitung tot.

Lilo hatte die Stimme nicht erkannt. Sie war nicht einmal sicher, ob es ein Mann oder eine Frau gewesen war. Beides erschien ihr möglich. Aber was hatte der Anruf zu bedeuten?

Sie rollte sich zur Seite und rüttelte Axel an der Schulter. „Wach auf!", zischte sie ihm ins Ohr. Axel erschrak heftig und biss sie in die Hand. „Aua, spinnst du?"

Lilo weckte auch Dominik und Poppi. Als alle drei ansprechbar waren, erzählte sie ihnen von dem Anruf.

„Stadion? Jetzt?", wiederholte Dominik und gähnte herzhaft. Die anderen wurden davon gleich angesteckt.

Poppi sagte hinter vorgehaltener Hand: „Ob uns jemand etwas anvertrauen will? Vielleicht war es ein Hilferuf?"

Dominik schüttelte den Kopf. „Es wäre sehr riskant, die Wohnung zu verlassen." Er deutete in die Richtung, in der er in der Dunkelheit das Schlaflager von Frau Klingmeier vermutete.

„Ich will hin", erklärte Lilo. „Einfach nur mal nachsehen. Hat deine Mutter einen tiefen Schlaf, Axel?"

Der Knickerbocker nickte.

„Kommt ihr mit?", fragte Lilo die anderen.

Axel zögerte am längsten. Der Grund war seine Mutter. Schließlich war aber auch er dabei.

Was war im Stadion? Jetzt? Knapp nach Mitternacht!

EIN KRAKE IM STADION

Der ovale Bau des Stadions erinnerte in der Nacht noch mehr an ein gelandetes UFO als tagsüber. Dafür sorgten die zahlreichen Lampen, die in der gebogenen Fassade angebracht waren und wirkten, als würde das Stadion von innen heraus leuchten.

Es lag am Rande der Stadt und war von Wiesen und Äckern umgeben. Die asphaltierten Zufahrtsstraßen und weitläufigen Parkplätze sahen aus wie kahle, verbrannte Flecken.

Die Knickerbocker-Bande hatte sich aus dem Hof von Anitas Haus Fahrräder ausgeliehen. Im Hinterhaus wohnten viele Studenten, die sie dort abgestellt hatten. Bis zum Morgen, wenn sie zur Uni fahren wollten, hätten die vier Freunde die Räder längst zurückgebracht und niemand würde etwas bemerken.

„Wir dürfen diesem Pförtner nicht zu nahe kommen“, warnte Lilo die anderen. Sie fuhr voraus und hatte schon einen Plan. Beim Stadion angekommen wollte sie zuerst die Eingänge abgehen und nachsehen, ob dort etwas zu finden war. Vielleicht war einer irrtümlich offen. Oder absichtlich? Ein unbestimmtes Gefühl zog sie in das Innere des Baus, zum Spielfeld.

Die Bande machte also einen Bogen um die Zufahrt zum Bürogebäude, das sich außen an das Stadion schmiegte. In der Pförtnerloge an der Schranke und hinter den Fenstern in der Zentrale brannte Licht. Arbeitete noch jemand um diese Zeit?

Die Knickerbocker stellten die Fahrräder in einem Ständer ab und schlichen los.

Die Lampen an der Fassade warfen einen Schatten auf den breiten Gehweg, der das Stadion wie ein Gürtel umgab. Die vier hielten sich in diesem Schatten auf, weil sie sich dort geschützter fühlten.

Zwei sehr helle Lichter flammten links von ihnen auf und Axel, Lilo, Poppi und Dominik standen plötzlich im grellen Licht. Schützend hoben sie die Arme vors Gesicht und spähten durch die Finger. Am Geräusch war zu erkennen, dass ein Auto heranrollte.

„Wir müssen weg!“, rief Poppi, aber Lilo hielt sie am Jackenärmel fest.

„Bleib da, warte!“

Der Wagen hielt in der vordersten Reihe des Parkplatzes, die Scheinwerfer erloschen und der Motor wurde abgestellt. Die vier konnten nicht erkennen, wer ausstieg. Sie hörten eine Wagentür zuschlagen und Schritte auf dem Asphalt.

Langsam gewöhnten sich ihre Augen wieder an die Dunkelheit. Axel erkannte als Erster, wer gekommen war. Wie es schien, war der späte Besucher zu einer Verabredung unterwegs. Die Knickerbocker-Bande hatte er nicht bemerkt.

Regungslos standen die vier da und hielten die Luft an. Sie konnten sich jetzt vorstellen, was in dem Brief auf dem dunkelroten Papier gestanden hatte. Wahrscheinlich hatte es sich um eine „Einladung“ ins Stadion gehandelt. Geschickt von demselben Unbekannten, der auch die Bande hergelockt hatte.

Oder nicht?

Herr Erdeltal eilte auf einen Eingang zu. Sein Anzug schien in dieser Nacht noch mehr an ihm zu schlottern, und die wenigen dünnen Haare schimmerten im Licht, als stünden sie unter Strom.

Die Zugänge waren breit wie Garageneinfahrten und wirkten grob in diesem eleganten Bau. Erdeltal trat kurz ins Licht einer Lampe, und in seiner Hand war der gefaltete dunkelrote Brief zu sehen.

Sobald er nicht mehr zu sehen war, eilten die Knickerbocker ihm nach.

„Er muss uns doch gesehen haben“, flüsterte Poppi aufgeregt. „Wir haben direkt im Licht seiner Autoscheinwerfer gestanden.“

Hinter der Bande bewegte sich etwas, aber da sie nur auf Erdeltal konzentriert waren, bemerkten sie es nicht.

„Bestimmt ist er aufgeregt und deshalb hat er uns nicht bemerkt“, vermutete Dominik.

Die Knickerbocker-Bande hatte den Zugang erreicht, durch den Erdeltal gegangen war. Axel trat als Erster ein, und bevor die anderen sehen konnten, was geschehen war, hörten sie seinen unterdrückten Aufschrei.

Schnell folgten sie Axel und standen plötzlich Herrn Erdeltal gegenüber. Er hatte also nur vorgetäuscht, sie nicht gesehen zu haben.

Es war ein anderer Erdeltal als am Nachmittag. Er wirkte nicht mehr streng und hart, sondern total aufgewühlt. Beim Sprechen stotterte er sogar. „W… w… was tut ihr … ihr hier?“

Lilo schaffte es, Ruhe zu bewahren. „Das Gleiche können wir Sie auch fragen. Wieso ist hier eigentlich offen? Gibt es keine Nachtwächter?“

„Verschwindet! Wissen eure Eltern, dass ihr hier

seid? U... unverantwortlich, ... d... dass sie das zulassen."

„Was machen Sie hier? Wer hat Sie herbestellt?", fragte Lilo geradeheraus. Erdeltal wich zurück und schüttelte den Kopf. Seine dünnen Haare bewegten sich im Wind, der durch den tunnelartigen Zugang wehte.

Die Bande und Erdeltal wurden aus der Dunkelheit beobachtet, ahnten aber nichts davon.

„Ihr müsst weg, geht!" Es war weniger ein Befehl als eine eindringliche Bitte. Erdeltal schubste die vier Knickerbocker in Richtung Parkplatz. „I... ich ... fahre euch ..." Er warf einen gehetzten Blick auf seine Uhr. „G... geht nicht ... zu spät. Ihr müsst so weg ... Fahrräder, nicht wahr?"

Dominik wollte unbedingt wissen, was mit dem Mann los war. Sein Verhalten nannte man Panik oder Aufregung in Extremsituation. Was ging hier ab?

„Ihr müsst weg!", verlangte Herr Erdeltal. Er begleitete die Bande bis zu den Fahrrädern und blieb hartnäckig daneben stehen, bis sie aufstiegen.

Noch immer lauerte jemand im Dunkeln und verfolgte die Begegnung von Erdeltal und der Bande. Keine Bewegung entging ihm.

Lilo zwinkerte ihren Freunden mit dem linken Auge dreimal zu. In der Zeichensprache der Knickerbocker-Bande bedeutete das: Wir tun, was er will, und später wieder das, was wir wollen.

Es sah so aus, als würden sie davonradeln. Um in die Zufahrtsstraße einzubiegen, mussten sie auf die andere Seite des Stadions, und sobald sie sich unbeobachtet fühlten, hielten sie an.

„Was jetzt?“, wollte Axel wissen.

„Warten und dann zu Fuß zurück“, lautete Lilos Kommando.

Poppi flüsterte kaum hörbar: „Weißt du, was er hier will? Hat *er* uns herbestellt?“

Nein, das glaubte Lilo ganz bestimmt nicht. Es war jemand anderer gewesen. Sonst würde Erdeltals Verhalten auch keinen Sinn ergeben. Wozu lockte er sie zum Stadion, um sie gleich darauf wieder heimzuschicken? Die vier stellten die Fahrräder ab und liefen zurück zum Stadion.

Sie bewegten sich auf Zehenspitzen und aufs Äußerste angespannt durch den dunklen Streifen. Das Herz klopfte ihnen bis zum Hals, und obwohl es ziemlich kalt war, schwitzten alle vier.

Der Beobachter beim offenen Zugang war fort. Die Knickerbocker-Bande bemerkte davon natürlich nichts. Ihr Ziel war der Betontunnel, der unter den aufsteigenden Sitzreihen in das Innere des Stadions führte.

Sie schoben sich an der grauen, kalten Wand entlang immer weiter vor, bis sie in die weite Arena blickten.

Der Publikumsbereich und die Rasenfläche des Spielfeldes lagen im Dunkeln. Mit fragendem Gesicht wandte sich Dominik an die anderen.

Was war hier los?

Etwas mehr als 24 Stunden zuvor hatte die Luft im Stadion vor Aufregung und Spannung vibriert. Die Stimmen der vielen tausend Besucher hatten sich bei jeder Torchance zu einem lauten Getöse gesteigert.

Die Stille, die jetzt im Stadion herrschte, war gespenstisch.

Mit einem Schlag aber wurde der Rasen in bläuliches Licht getaucht, das wie ein Ölfilm dahinkroch. Es wirkte wie das Leuchten von modrigem Holz im Moor. Scheinwerfer waren nicht zu sehen.

„Die Anzeigetafel", fiel Axel ein und er lief blindlings los. Seinen Schätzungen nach musste sich die gigantische Tafel, auf der auch Videobilder des Matches gezeigt wurden, genau über dem Eingang befinden, durch den sie gerade gekommen waren.

Sein Verdacht erwies sich als richtig. Die Millionen Lichtpunkte, die sich zu Bildern und Schriftzügen zusammensetzten, strahlten in einem Wechsel aus dunklem Blau und gedämpftem Grün.

Um die ganze Tafel sehen zu können, musste die Bande weiter auf das Spielfeld hinaus. Sie kletterten über die Bande, liefen am Tor vorbei und stolperten rückwärts gehend in Richtung Spielfeldmitte.

Auf der Tafel tauchte aus dem Blau zuerst ein Schatten auf, der immer mehr Gestalt annahm, aus einem dicken Körper und zwei Armen und Beinen bestand und ständig kleiner und wieder größer wurde. Der Kopf hatte die Form eines Zapfens, und zum Erstaunen der Bande besaß das Wesen noch weitere Arme.

„Ein Oktopus", rief Poppi.

Die Haut des Tieres war rötlich-braun und übersät mit violetten Saugnäpfen. Größer und kleiner wurde der Körper, weil sich die Arme immer wieder streckten und ihn auf diese Weise vorwärts bewegten. Schließlich nahm der Oktopus die gesamte Fläche der Anzeigetafel ein. Seine Arme bewegten sich anmutig wie bei einem Tanz. Der gewölbte obere Teil des Körpers kippte leicht nach hinten und an der Unterseite wurde ein scharfer Schnabel sichtbar.

„Wie bei einem Papagei!", sagte Poppi fast andächtig.

„Quatsch, solche Viecher haben doch keine Papageienschnäbel", brummte Dominik.

Poppi war anderer Meinung. „Haben sie doch."

Hektisch blickte Lilo sich nach allen Seiten um. Was war hier los? Wozu dieser Oktopus-Spuk, der noch dazu sehr echt aussah?

Sie glaubte, irgendwo in einer der ersten Sitzreihen das Scharren von Schritten zu hören. Sicher war sie aber nicht, und das Licht der Anzeigetafel fiel nicht in die Richtung, aus der das Geräusch gekommen war.

Die Stimme war leise, aber nicht flüsternd. Eher ein hämisches Hauchen, aus dem Schadenfreude und teuflischer Triumph klang. Jetzt drehten sich auch alle anderen Knickerbocker um. Natürlich wussten sie, dass die Stimme nur aus den Lautsprechern kommen konnte, die sonst zur Übertragung der Kommentare des Moderators verwendet wurden. Trotzdem hatte die Stimme etwas so Beunruhigendes, Beängstigendes und Furchteinflößendes, dass man glauben konnte, ein Riesenkrake senke sich in gewaltiger Größe auf das Stadion herab.

„Alle acht Arme sind ausgestreckt. Du kannst es nicht verhindern. Sie werden zerstören. Du wirst bezahlen. Du bist ruiniert. Es ist die Rache, und du hast keine Chance, sie zu verhindern. In einer Stunde gebe ich das Zeichen. Alle Arme werden gleichzeitig handeln. Schau, was sie können."

Wieder senkte sich eine unheilvolle Stille herab. Durch das offene Dach des Stadions schien der Mond, der bisher hinter dunklen Wolken versteckt gewesen war. Er war fast voll und wirkte wie ein neugieriger Besucher. Sein Lichtschein ergoss sich auf das leere Spielfeld.

Plötzlich war die Luft von einem grässlichen Quietschen und Knarzen erfüllt. Es klang wie eine Schrottpresse, in der ganze Autos zerquetscht wurden. Dazu kam ein Geräusch, das sich so anhörte, als würden riesige Metallstücke aufeinander prallen.

Die Knickerbocker-Bande stand mitten auf dem Rasen und starrte in die Richtung, aus der der Lärm zu ihnen drang.

„Die Sitzreihen ... seht euch die Sitzreihen an!" Dominik lief ein paar Schritte näher. Der Lichtschein der Anzeigentafel reichte aus, um die Katastrophe sichtbar zu machen. Die Sitzreihen des gesamten Blocks hingen in der Mitte durch wie Wäscheleinen.

Axel kniff mehrere Male die Augen zusammen, weil er es nicht glauben konnte. Dort, wo sich die langen Treppen befunden hatten, die zu den Sitzen führten, klaffte ein schwarzer Abgrund.

„Da ist ... kein Beton ..." Lilo schluckte immer wieder und warf nervös ihre Zöpfe über die Schulter. Der Grund für das Einbrechen der Sitze war das Fehlen des stützenden Betons. Nur dicke Eisengitter und die langen Metallstreben, an denen die Klappsitze angeschraubt waren, gab es noch. Ohne Halt aber bogen sie sich und senkten sich immer tiefer. Unter Getöse, wie beim Zusammenstoß von vielen Autos, stürzte der gesamte Bereich in sich zusammen und hinterließ ein riesiges Loch. Das Rasseln, Rieseln, Klappern und Schlagen der Trümmer wollte nicht aufhören.

Einer der Scheinwerfer oben auf dem Mast der

Flutlichtanlage flackerte kurz und zeigte das ganze Ausmaß der Zerstörung noch deutlicher. Schwarz gähnte ein Abgrund an der Stelle, an der gestern noch tausende Menschen gesessen hatten.

VERDÄCHTIGE

Eine gewaltige weiße Staubwolke stieg aus dem Schlund, der im Gemäuer des Stadions klaffte.

Dominik schüttelte nur den Kopf. „Wieso … wie? Wieso ist dort alles weg? Wieso ist der Teil eingestürzt?“

„Eine Explosion hat es nicht gegeben!“, sagte Axel mit belegter Stimme.

Abermals gingen die Lichter auf dem Flutlichtmast zweimal kurz und dann einmal länger an.

Lilo fiel auf einmal der Leuchtturm ein, den sie in den Ferien an der Küste gesehen hatte. Hoch oben blinkte ein Licht, das durch optische Linsen verstärkt auf das Meer hinausgeworfen wurde. Der Leuchtturm zeigte den Schiffen, wo sie fahren konnten und in welcher Richtung sie den Klippen zu nahe kamen.

Blinkzeichen?

Oder eine elektrische Störung?

„Blinkzeichen", murmelte Lilo und starrte zu der rechteckigen Flutlichtanlage hoch. Sie musste an das Flackern der Lichter vor dem Anpfiff des Fußballspieles denken. War es Zufall, dass die Lampen schon wieder an- und ausgingen? Vielleicht doch eine Störung? Oder verwendete sie jemand, um auf diese Weise Zeichen zu geben, die auch noch aus der Ferne sichtbar waren. Die Scheinwerfer des Stadions konnten von vielen Plätzen und Dächern der Stadt aus gut beobachtet werden.

Der Krake auf der Anzeigetafel ruderte noch immer mit den langen schleimigen Armen und die Stimme verkündete über die Lautsprecher: „Das war erst der Anfang. Nur ein Kitzeln meines ersten Armes. Alle anderen packen in Kürze zu, und du wirst es nicht verhindern. In einer Stunde ist es so weit. Dann ist dein Leben ruiniert, so wie du andere Leben zerstört hast."

Axel deutete zur Anzeigentafel hinauf. „Dieser Krake … der ist aus einem Computerspiel. Ich habe ihn schon einmal gesehen."

Lilo atmete tief ein und aus und zwang sich zur Ruhe, um klar denken zu können. „Von irgendwo muss dieses Video, oder was auch immer es ist, auf die Tafel gespielt werden, und von irgendwo muss dieser Typ sprechen. Dort finden wir ihn."

Ohne sich lange zu beraten liefen die vier auf den Tunnel zu, der unter den Zuschauerrängen durchführte und das Spielfeld mit den Umkleideräumen und den Büros verband. In diesem Bereich vermuteten sie auch die Sprecherkabine.

Durch das leere Stadion schallten mehrere Stimmen und verloren sich schnell. Was gerufen wurde, verstanden die Freunde nicht, aber es waren aufgeregte Schreie, die sich nach wildem Schimpfen und Fluchen anhörten.

Die Bande hatte den Eingang des hohen, gebogenen Tunnels erreicht, durch den erst gestern die zweiundzwanzig Spieler auf das Feld gelaufen waren.

„Raus ... verschwindet!", brüllte ihnen jemand hinterher. „Fort! Fort!"

Über das Spielfeld kam eine kleine schlottrige Gestalt gerannt und winkte mit beiden Armen. Es war Erdeltal. Außer Atem erreichte er die Knickerbocker und drängte sie unsanft auf das Spielfeld zurück.

„Ihr Wahnsinnigen. Sagte ich nicht, ihr sollt weg? Raus! Verschwindet! Ihr befindet euch in Lebensgefahr. Weg, weg, weg!"

„Die Drohung gilt Ihnen, nicht wahr?", fragte Dominik.

„Überlasst alles mir. Ich weiß, wer dahintersteckt. Es wird … ich mache das … aber ihr müsst in Sicherheit sein. Zurück in die Stadt. Schnell!“

„Der Typ, der da Krake spielt, muss in der Sprecherkabine sitzen“, rief Poppi aufgeregt.

„Den erwische ich. Ich weiß, wer das ist. Ich weiß alles. Aber mich besiegt niemand. Doch ihr müsst weg. Er tut euch sonst was an. Er schreckt vor nichts zurück.“

Lilo packte Herrn Erdeltal am Arm und drückte fest zu. „Wer ist *er*? Sagen Sie mir seinen Namen.“

Einen Augenblick sah es aus, als würde Erdeltal ihn verraten. Doch er überlegte es sich anders und presste die Lippen zusammen. Stumm schüttelte er den Kopf, als Zeichen dafür, dass er ihn für sich behalten wollte.

Irgendwo von einem der Ränge schrie ein Mann: „Erdeltal!“

Der Bauunternehmer kümmerte sich nicht darum.

„Ich muss in den Keller. Dort unten liegt es.“ Rückwärts gehend bewegte er sich auf den Tunnel zu. Mit den Händen bedeutete er der Knickerbocker-Bande, sie möge sich aus dem Staub machen. „Verschwindet schnellstens! Seid nicht wahnsinnig! Fort! Wagt es nicht, mir zu folgen!“

Wieder tönte ein wütendes „Erdeltal!“ durch das Stadion.

Erst als die vier Freunde Anstalten machten, Erdeltals Aufforderung Folge zu leisten, setzte er seinen Weg in den Tunnel fort, ohne jedoch die Knickerbocker aus den Augen zu lassen. Die Dunkelheit schluckte ihn schließlich.

„Bleib stehen, Erdeltal!", kam der nächste Schrei.

Axel starrte angestrengt in das Dunkel, das über den Sitzreihen lag, konnte aber niemanden sehen.

Lilo fühlte sich hin- und hergerissen. Machte der Krake ernst und ließ er das Stadion wirklich einstürzen, so mussten sie weg, um ihr Leben zu retten.

„Ruft die Polizei!", fiel Poppi ein.

„Hätten wir auch schon draufkommen können", brummte Dominik und wollte sein Handy aus der Hosentasche holen. Leider musste er feststellen, dass er es bei Anita neben seinem Schlafsack liegen gelassen hatte. Auch Lilo hatte ihr Handy vergessen. Ihnen blieb also nur die Möglichkeit, in die Stadt zurückzuradeln und dort Alarm zu schlagen.

„Wir teilen uns auf. Wer nimmt das Rad?" Lilo sah zwischen ihren Freunden hin und her. „Wer? Los!"

Axel meldete sich sofort und Poppi schloss sich ihm an. Sie war sehr froh, aus dem Stadion wegzukommen.

„Macht schnell", schärfte Lilo den beiden ein, „Dominik und ich suchen diese Sprecherkabine. Wenn wir sie in zehn Minuten nicht gefunden haben, kommen wir euch nach."

Sie klatschten als Zeichen ihrer gemeinsamen Stärke in der Luft die Hände zusammen und trennten sich dann.

Die Stimme, die sich schon mehrmals gemeldet hatte, brüllte erneut. Es war ein Schrei aus voller Brust, mit aller Kraft und erfüllt von einer Verzweiflung, die das Schlimmste befürchtete und als unabwendbar annahm.

„Erdeltal! Erdeltal!"

Noch immer konnte Axel denjenigen, der schrie, nicht sehen. Das laute Brüllen verzerrte die Stimme. Wer war das?

Im Laufschritt näherten sich Poppi und Axel der Bande, die sie vorhin überklettert hatten. Axel half Poppi, die nicht so sportlich war wie er. Dann liefen sie Richtung Ausgang. Durch die eckige Öffnung fiel Licht vom Parkplatz.

Ein pfeifendes Keuchen und ein hustendes Schnauben kündigten den Unbekannten an, der ständig Erdeltals Namen schrie. Seine Silhouette zeichnete sich gegen den hellen Hintergrund des Lichtes von draußen ab. Beim Atmen bewegten sich seine Schultern pumpend auf und nieder, als würde er sonst nicht genug Luft bekommen.

Axel und Poppi starrten den Mann an, der ein erstauntes „Ihr? Wieso?“ krächzte.

„Wir … wir alarmieren die Polizei!“, platzte Axel heraus.

„Erdeltal?“ Mehr brachte der Mann nicht heraus.

Poppi zeigte in die Richtung, in der sie ihn zuletzt gesehen hatten. „Er will in den Keller.“

„Keller? Wo ist der Keller?“

Axel hatte ein geniales Gedächtnis für Orte. Er hatte in den vergangenen beiden Jahren jeden Orientierungslauf seiner Altersklasse gewonnen. Er sah sich kurz um, erinnerte sich, welchen Weg André gestern mit ihnen genommen hatte, und konnte sofort sagen, wie sie von dieser Stelle zum Keller gelangten.

„Wir müssen hin!“ Der Mann hatte Mühe, sich auf den Beinen zu halten.

Ohne lange zu überlegen, war Axel bereit, den Mann zu führen. Er kannte ihn schließlich. Aber warum war er auch im Stadion?

Die Gänge im Kellergeschoss des Stadions, die Poppi tagsüber wie Gedärme und Blutgefäße dieses Kolosses aus Beton und Stahl vorgekommen waren, wurden in der Nacht von winzigen Lämpchen schwach beleuchtet. Es war ein kaltes Licht, das es gerade ermöglichte, sich zurechtzufinden.

Lilo und Dominik rannten die Korridore entlang und fühlten sich wie in einem schlimmen Traum, aus dem man sonst schweißgebadet erwachte. Die Gänge nahmen kein Ende, führten zu Treppen, über die sie in höhere Stockwerke und dann wieder in andere Korridore gelangten.

Wo aber war die Sprecherkabine?

„Befindet sie sich nicht neben der Loge der Ehrengäste?", fragte Dominik laut keuchend. Laufen war einfach nicht seine Sache, er ging lieber gemächlich. Dazu war jetzt aber keine Zeit. Jede Sekunde zählte. Die trainierte Lilo, die im Winter die Pisten auf ihrem Snowboard unsicher machte und im Sommer vom Waldlauf über Kanufahren und Mountainbiking alle möglichen Sportarten betrieb, war wesentlich ausdauernder.

„Wir sind schon fünf Minuten unterwegs und länger als zehn bleiben wir unter keinen Umständen!", sagte sie im Laufen.

„Wir müssen zur VIP-Loge!", bekräftigte Dominik. „Bitte, versuchen wir es."

Da sie keine bessere Idee hatte, stimmte Lilo zu. Die VIP-Loge für very important people, für besonders wichtige Besucher also, war ausgeschildert. Schwarze Pfeile mit großen goldenen Buchstaben zeigten den Weg.

Die beiden Knickerbocker standen schließlich vor einer schwarz lackierten Metalltür, auf der derselbe Schriftzug prangte wie auf den Pfeilen. Es überraschte sie nicht sonderlich, dass die Tür nur angelehnt war.

Aber wer war hier unterwegs außer ihnen? Es musste dieser Krake sein. Seit dem Spuk im Stadion war einige Zeit vergangen. Ob er sich noch hier befand?

Lilos Finger waren feucht und zitterten leicht, als sie die rechte Hand nach dem Türgriff ausstreckte. Sie spürte die Kühle des Metalls, packte zu und riss daran.

Die Angeln der Tür waren gut geölt. Geräuschlos und schwungvoller als erwartet ging sie auf. Dominik streckte reflexartig die Hände vors Gesicht, um sie nicht auf die Nase zu bekommen.

Der Vorraum hinter der VIP-Loge war hell erleuchtet und Lilo hatte das Gefühl, in ein großes Wohnzimmer zu blicken.

Grauer Teppichboden, ausladende knallrote Polstermöbel und Stehlampen. Gleich zu ihrer Linken befand sich eine Tür, die mit der Wand glatt abschloss und in der gleichen Farbe gestrichen war. Auch sie stand eine Handbreit offen. Mit der Schuhspitze stieß Lilo sie nach innen auf.

Dominik streckte den Kopf vor und sah in einen

langen, schmalen Raum, der an der Vorderseite von einer Glasscheibe begrenzt wurde, die vom Boden bis zur Decke reichte. Die linke Wand wurde zur Gänze von Geräten eingenommen.

„Schau, der DVD-Player!“ Die Lade, die zum Einlegen der DVD ausfuhr, war offen, aber leer.

„Du meinst, die Stimme und der Oktopus sind von einer DVD gekommen?“ Lilo stemmte die Hand in die Hüfte, weil sie Seitenstechen hatte. Daran musste die Aufregung schuld sein.

„Kann durchaus so sein.“

Ein Schatten fiel von hinten auf den Boden im Sprecherraum. Lilo erschrak heftig und hatte das Gefühl, ihr Herz setze einen Schlag lang aus. Dominik, der nur den Kopf zur Tür drehen brauchte, starrte mit weit aufgerissenen Augen dorthin. Über die Wand tanzte die regenbogenfarbige Reflexion einer silbernen Scheibe. Es war aber nicht die DVD, die Dominik so erschreckte und überraschte, sondern die Person, die sie in der Hand hielt.

EINGESCHLOSSEN

Die langen Kellergänge erschienen Poppi noch gruseliger als beim ersten Besuch. Durch ihren Kopf jagten schlimme Bilder. Sie hatte das Gefühl, sich in einem U-Boot zu befinden, das tausend Meter tief auf dem Meeresgrund lag und nicht mehr an die Oberfläche steigen konnte. Vor ein paar Tagen hatte sie bei Axel mit den anderen einen Film im Fernsehen gesehen, in dem genau das passiert war. Oder aber vielleicht begaben sie sich in ein Bergwerk, das gleich einstürzen würde.

Einstürzen!

Dieses Wort ließ sie erschaudern. Der Krake hatte doch genau damit gedroht. Er wollte das Stadion einstürzen lassen! Und sicher auch noch andere Gebäude. Hatte Axel nicht erzählt, dass die meisten großen Bauten der Stadt von Erdeltal errichtet worden waren? Der Krake führte einen Rachefeldzug gegen ihn durch, der an Grausamkeit und Gemeinheit nicht zu überbieten war.

Axel ging der kleinen Gruppe voraus. Unterwegs war er immer wieder kurz stehen geblieben, hatte die Augen geschlossen und in seinem Kopf eine Art Plan des Stadions betrachtet, den er während der vergangenen beiden Tage angelegt hatte. Nur zweimal nahm er einen falschen Gang, und einmal befand sich hinter der Tür, die er öffnete, nicht die gesuchte Treppe, sondern eine Abstellkammer der Putzleute.

Schließlich fanden sie den Keller. Natürlich fiel beiden Knickerbockern sofort wieder die rätselhafte Gestalt im Beton ein.

Der Mann, den Axel und Poppi geführt hatten, bohrte sich den Finger in den Kragen und riss sich den obersten Hemdknopf ab. Gleichzeitig lockerte er seinen Schlips. Sein Atem ging pfeifend, sein Kopf sah aus, als würde er demnächst platzen. Hinter Axel und vor Poppi stolperte Herr Bannmorger.

Im Schein der Sparlampen, die alle paar Schritte von der Decke leuchteten, glänzten die dunklen Flecken, die sich unter seinen Achseln gebildet hatten. Bannmorger schien der Schweiß aus den Poren zu schießen wie aus Spritzpistolen. Immer wieder verlor er das Gleichgewicht und musste sich an der Wand abstützen.

„Dieser Krake will Erdeltal fertig machen“, sagte Axel, der das Schweigen nicht länger ertrug. Von Bannmorger kamen nämlich nur pfeifender Atem und dazwischen ein verzweifeltes Ringen nach Luft. Seine Stimme kippte, als er wieder anfing nach Erdeltal zu rufen. „Kommen Sie her!“

„Wieso sind Sie eigentlich hier im Stadion? Sind Sie auch angerufen worden?“, bohrte Axel weiter.

Es war, als hörte ihn Bannmorger gar nicht. Er lehnte sich gegen einen Türrahmen, der nur notdürftig mit orangefarbener Rostschutzfarbe gestrichen war, und griff sich mit der Rechten ans Herz, als hätte er starke Schmerzen. Als er sich aufrichten wollte, rutschte er ab und stieß gegen die Tür, die nach innen schwang. Axel, der zum Greifen nahe stand, blickte in einen fensterlosen, kahlen Raum, in dem Decke, Boden und Wände aus nacktem Beton bestanden.

Bannmorger schaffte es, halb aufzustehen, und ruderte kurz mit dem linken Arm. Zuerst dachte Axel, er suche nach Halt. Deshalb empfand er es auch nicht weiter schlimm, als Bannmorgers Finger sich in seine Schulter krallten. Es tat weh, aber es hatte ihn vor einem Sturz bewahrt.

Mit einem tierischen Laut zerrte Bannmorger Axel

dann aber auf die offene Tür zu, und gleichzeitig ergriff er mit der anderen Hand Poppi. Die Knickerbocker stießen mit den Schultern zusammen und einen Augenblick blieben sie im Türrahmen hängen. Mit voller Kraft schubste Bannmorger die zwei in den Raum hinein. Axel und Poppi knickten die Beine ein und sie kippten nach vorn. Als sie auf den kalten Beton fielen und ihnen Zementstaub in Nase und Au-

gen drang, schlug hinter ihnen mit einem Knall die Tür zu. Es klickte im Schloss zweimal, als Bannmorger den Schlüssel drehte.

„Auf … machen!“ Axel brachte nur ein müdes Krächzen heraus, weil der Staub ihm das Sprechen fast unmöglich machte. Ein heftiger Hustenanfall schüttelte ihn und er hatte das Gefühl zu ersticken. Poppi kroch auf allen vieren zur Tür und zog sich an der Klinke hoch. Sie rüttelte und klopfte, aber Bannmorger war schon weitergegangen. Sein Rufen nach Erdeltal wurde leiser.

„Raus … wir müssen raus!“, jammerte Poppi und hätte vor Verzweiflung am liebsten laut geschrien.

In Axels Kopf wirbelten Fragezeichen. Warum? Wieso? Weshalb hatte Bannmorger sie eingesperrt?

Poppi sprach aus, was Axel im gleichen Moment durch die Gehirnzellen zuckte: Bannmorger war der Krake!

Einen Hoffnungsschimmer gab es noch. Erdeltal war doch auch im Keller. Er schien etwas zu wissen, das das Stadion vielleicht retten konnte.

„Klopfen, trommeln“, gab Axel hustend Poppi den Auftrag. Obwohl er noch immer nach Luft rang, taumelte er auf, um zu helfen. Erdeltal musste sie hören und befreien.

Der *Krake* hatte fast alles, was er wollte. Seine Rache verlief genauso schrecklich und grausam, wie er es sich erträumt hatte. Wie viele Jahre hatte er sich immer und immer wieder ausgemalt, welchen Genuss es ihm bereiten würde, seinen geheimen Feind und Peiniger fertig zu machen. Er war am Ziel und das panische Flackern in den Augen des anderen, das Zittern und der Schock, als klar war, was geschehen würde, waren Lohn für die vergangenen Jahre.

Zufrieden war der *Krake* auch über seine Idee, die neugierigen Kinder ins Stadion zu locken. Sie waren ihm auf den Leim gegangen und würden nun dafür sorgen, dass alle Welt von dem *Kraken* und seinem Teufelsplan sprach. Außerdem waren die vier für ihn ein Werkzeug, um sein wahres Gesicht für alle Zeiten zu verbergen. Bestimmt würde sein Plan für immer ungelöst bleiben, ein Kriminalfall, der noch in hundert Jahren Experten vor Rätsel stellen würde.

Als Mensch besaß der *Krake* nur zwei Arme und an jedem trug er eine Armbanduhr. Die eine zeigte die tatsächliche Zeit. Die Zeiger standen auf kurz nach ein Uhr. Die andere Uhr aber war eine Rücklaufuhr. Bei sechzig Minuten hatte sie zu zählen begonnen und mittlerweile waren schon zwölf vergangen. In etwas mehr als einer dreiviertel Stunde würde die Zerstörung der Gebäude beginnen. Es war dazu nur noch ein letztes Zeichen nötig. Wieder würde er es mit Hilfe der Lampen der Flutlichtanlage geben. Seine acht Helfer, die er alle seine „Arme“ nannte, würden den letzten Befehl ausführen und die unaufhaltsame Kraft auslösen, die in den Glasfläschchen gefangen war.

Durch das Zimmerfenster fiel der Schein der Straßenlampe und warf ein Schattenmuster an die Decke. Michael erwachte gerade aus einem unruhigen Traum. Er war nass geschwitzt und hatte sich in der Bettdecke verheddert. Mit den Beinen strampelnd versuchte er sich zu befreien. Seine Augen starrten in die Nacht, die sich im Zimmer eingenistet hatte.

Die Knickerbocker-Bande fiel ihm plötzlich ein. Natürlich auch wieder die Erlebnisse mit José Gómez. Es schien, als hätte niemand aus der gegnerischen Mannschaft etwas mit den Drohbriefen zu tun, die den Torwart völlig aus der Fassung gebracht hatten. Natürlich könnte es auch sein, dass alle Spieler, der Trainer und die Betreuer nur geschickt logen, doch Michael glaubte das nicht.

Ein Gedanke ging ihm nicht aus dem Kopf. Am Abend hatte er der Sache keine Bedeutung beigemessen, vor dem Schlafengehen aber war es ihm wieder eingefallen und jetzt auch. Als er mit seinen Eltern und seiner Schwester beim Abendessen gesessen hatte, war ein Anruf gekommen. Jemand aus dem Büro von Herrn Bannmorger hatte nach der Telefonnummer der Knickerbocker-Freunde gefragt. Die Stimme war Michael nicht bekannt vorgekommen, aber sie hatte so selbstverständlich geklungen, dass er dem Anrufer Lilos Handynummer gegeben hatte.

Ob das ein Fehler gewesen war?

Der Gedanke ließ ihm keine Ruhe mehr. Er stand auf und tappte zu seinem Schreibtisch. Er holte aus der Schublade das Handy, schaltete es ein, und als er endlich Empfang hatte, rief er Lilo an. Er zählte die Freizeichen. Eins, zwei, drei, vier. Beim fünften wurde abgehoben. Es war eine verschlafene Frauenstimme.

„Was soll'n der Quatsch?"

„Lilo? Bist du das?", flüsterte Michael. Seine Eltern sollten nicht hören, dass er um diese Zeit telefonierte.

„Lilo? Was für eine Lilo? Hier ist Anita, die Große!"

„Aber ich habe Lilo angerufen. Das ist doch ihr Handy!" Michael wurde noch unruhiger.

„Ach, Lilo. Klar, Lilo." Anita war noch nicht ganz bei sich. „Die ist nicht da."

„Was?"

Erst jetzt wurde Anita klar, was sie gerade gesagt hatte.

„Der Schlafsack ist leer. Alle Schlafsäcke sind leer. Keiner da."

Hatte er wieder einen Fehler begangen und die Bande jetzt verraten? Bekamen sie seinetwegen Ärger? Vielleicht stellten sie nur nächtliche Ermittlungen an.

„Wer bist denn du?", wollte Anita wissen.

Ein mürrischer Laut und ein Rascheln waren zu hören, als fände ein Kampf um das Handy statt.

„Hier Klingmeier, Axels Mutter. Wer spricht da?"

Leugnen hatte keinen Zweck. Michael spürte, dass es besser war, die Wahrheit zu sagen. Also nannte er seinen Namen und erklärte kurz, warum er angerufen hatte.

„Nicht schon wieder Ermittlungen und ein Fall", stöhnte Frau Klingmeier. „Ich hatte ihnen verboten, das Haus zu verlassen."

„Stadion! Im Stadion könnten sie sein." Weil er das ungute Gefühl einfach nicht loswurde, fügte Michael hinzu: „Ich glaube … also … die sind nicht einfach hingeschlichen … vielleicht hat sie jemand hingelockt."

WER IST DER KRAKE?

Die Überraschung war auf der anderen Seite mindestens so groß wie bei Dominik und Lilo. In der Tür stand André, auf dem ausgestreckten Zeigefinger steckte eine DVD.

„Ihr?“ Er blinzelte nervös.

„Du?“, gab Lilo zurück und deutete auf die silberne Scheibe in seiner Hand. „Hast du sie gerade eingelegt und abgespielt. Bist du … der Krake?“

André schüttelte energisch den Kopf und hob abwehrend die freie Hand. „Nein, bin ich nicht. Wer ist dieser Krake? Was soll dieses Theater hier? Ich meine, das mit der Leiche im Keller … das war ich.“

Fieberhaft überlegte Dominik, wie sie an André vorbeikommen konnten, um aus dem Stadion zu flüchten. Der Mann machte auf ihn einen gefährlichen Eindruck und er wurde das Gefühl nicht los, André könnte ausrasten und durchdrehen.

„Was war das im Beton?“, fragte Lilo.

„Nur eine Schaufensterpuppe. Ich wollte diesem Erdeltal eins auswischen. Dieser Dreckskerl macht meiner Tante das Leben zur Hölle.“

„Ist seine Sekretärin deine Tante?“

„Ihr kennt sie?“

„Gestern kennen gelernt.“

Dominik blickte ihn über den Rand seiner Brille

an. „Hast du den anonymen Brief an Frau Trissener geschickt? Gestern, während des Spiels?"

André winkte ab. „Nein, dieser doofe Brief hat mich nur auf die Idee gebracht." Kleinlaut fuhr er fort. „Deshalb habe ich euch auch zu der Führung eingeladen. Ihr solltet die Augenzeugen sein."

„Sehr witzig", knurrte Lilo ihn an. „Ruf die Polizei. Sofort!"

„Was geht hier ab? Frau Trissener und ich haben noch im Büro zu tun gehabt und dann sind auf einmal Autos gekommen und ich sollte nachsehen, was los ist. Ich habe aber nur euch gesehen, wie ihr herumgeschlichen seid."

„Du hast uns beobachtet?" André wurde langsam auch Lilo unheimlich.

„Ganz dicht hinter euch war ich. Ja." Seine blauen Augen leuchteten unwirklich hell.

„Und wo ist Frau Trissener?", fragte Lilo.

„Ach die! Hat's wohl mit der Angst zu tun gekriegt. Ist einfach weg, kaum war ich aus dem Büro."

„Die Polizei!", verlangte Dominik.

„Ich hätte euch das von der Sache im Keller nicht sagen sollen", bereute André seine Offenheit. „Ihr werdet mich verraten."

„Eine Tribüne ist eingestürzt", brauste Lilo auf. „Meinst du wirklich, dein dämlicher Scherz ist da wichtig. Da will jemand noch viel mehr einstürzen lassen, das ganze Stadion und andere Gebäude."

Dominik fasste das Superhirn am Arm. „Er ist es. Lilo, er ist der Krake."

Mit drei Schritten war André neben ihnen. Er packte die Handgelenke der Knickerbocker und versuchte ihnen die Arme zu verdrehen. „Ihr werdet mich nicht verraten. Ihr steckt doch selbst mit diesem Kraken unter einer Decke. Und jetzt wollt ihr von euch ablenken und mir alles in die Schuhe schieben. Das gelingt euch nicht. Ganz sicher nicht."

Andrés Griff war hart wie ein Schraubstock und wurde immer fester. Dominik ging halb in die Knie, und auch Lilo schaffte es nicht, sich zu befreien.

„Lass los. Lass uns los", flehte sie.

Aus der Ferne drang ein Martinshorn zu ihnen. Einsatzfahrzeuge näherten sich. War es die Polizei? Oder die Feuerwehr?

„Ich habe die hier gefunden, von mir ist sie nicht!", zischte André und wedelte mit der DVD in der Luft herum. „Ruinieren lasse ich mich nicht." Wieder blitzte die Scheibe im Licht auf.

Lilo zog heftig die Luft ein. „Blinkzeichen. Der Krake gibt Blinkzeichen. Über die Flutlichtanlage. Das hat er schon gestern gemacht und heute wieder."

„Du meinst ... das Zeichen zum Zerstören?", fragte

Dominik mit zusammengebissenen Zähnen. Der Schmerz in seinem Handgelenk trieb ihm die Tränen in die Augen.

„Es ist zu spät, er hat es schon getan“, schimpfte Lilo niedergeschlagen. „Oder … oder er gibt noch eines.“

„Was quasselt ihr da?“, schnaubte André.

„Die Elektrozentrale … das wandernde Gerippe … es war der Krake, der an der Lichtanlage hantiert hat“, kombinierte Lilo, für die die Ereignisse endlich einen Sinn ergaben.

„Wir müssen hin … vielleicht ist er dort …“

„Nein!“ Mit aller Kraft versuchte André sie in die Knie zu zwingen.

„Sorry!“, sagte Lilo und Dominik hörte am Klang ihrer Stimme, dass sie etwas plante.

Mit dem linken Bein holte Lilo aus und trat André mit voller Wucht gegen den Knöchel. Der Tritt kam für ihn unerwartet. Stumm öffnete er den Mund, als ihm der Schmerz heiß durchs Bein zuckte. Er verlor für einen Moment die Kontrolle und lockerte seinen Griff. Geistesgegenwärtig rammte Dominik André den Kopf in den Bauch. „Uffff“, stöhnte André, als ihm dabei alle Luft aus der Lunge gequetscht wurde. Seine Finger öffneten sich und die Knickerbocker rissen sich los. Gemeinsam versetzten sie ihm noch einen kräftigen Stoß, der ihn gegen einen Tisch taumeln ließ. Als er wieder auf die Beine kam, wurde von außen die Tür zugeschlagen.

Einen Schlüssel gab es nicht, André konnte ihnen also sofort folgen. Doch Lilo und Dominik hatten einen Vorsprung.

„Ist er der Krake?", fragte Dominik im Laufen.

„Wir werden gleich sehen, ob er zur Elektrozentrale kommt."

Der *Krake* stand am Schaltkasten der Flutlichtanlage und löste dort eine Zeitschaltuhr ab. Während der Krakenspuk auf der Anzeigetafel gelaufen war, hatte er das Gesicht seines Opfers sehen wollen. Gleichzeitig musste er den „Armen" das vereinbarte Zeichen geben. Eine Schaltuhr hatte das für ihn erledigt. Er hatte sie per Handy auslösen können.

Während er sie nun abnahm, trug er wieder seine Verkleidung. Ein geradezu lächerliches Kostüm aus schwarzem Trikot, auf das ein weißes Skelett aufgemalt war. Vor das Gesicht hatte er sich eine Plastikmaske gebunden, die einen Totenkopf darstellte. Die Überwachungskameras würden ihn aufnehmen, und falls eine der Anlagen den Einsturz überstehen würde, sollten die Ermittler unter keinen Umständen sein wahres Gesicht sehen können. Sicher war sicher.

Sehr leise hörte der *Krake* das Rufen und Trommeln von Kindern, die anscheinend irgendwo eingeschlossen waren. Es war ihm aber gleichgültig. Er ahnte, dass die Kinder ihn von seinem Vorhaben abhalten wollten, doch er war viel skrupelloser, als andere es jemals für möglich gehalten hätten. Das Einzige, was für ihn zählte, war, seinen Plan zu Ende zu bringen. Noch dreizehn Minuten, dann musste die Substanz mit Beton in Berührung kommen. Eine weitere Stunde und sie hatte so große Teile völlig aufgelöst, dass die Gebäude in sich zusammenstürzen würden. Das Zeug aus dem Labor war entwickelt worden, um als Waffe eingesetzt und aus der Luft versprüht zu werden. Ganze Städte konnten damit ausradiert werden. Menschen sind, wenn es darum geht, Waffen zu erfinden, unschlagbar genial.

Das erste Blinkzeichen hatte die „Arme" aufgefordert, die Substanz zu schütteln und danach die Glaspfropfen aus den Fläschchen zu entfernen. Um wirksam zu werden, musste jetzt eine Stunde lang Sauerstoff an die Substanz kommen. Diese Stunde war fast um. Natürlich hatte der *Krake* keinem seiner Helfer Informationen über die Wirkungsweise der Substanz zukommen lassen. Sie hatten keine Ahnung, was sie in Händen hielten, und warteten auf den Befehl zum Einsatz, auf das letzte Blinkzeichen.

Viel zu langsam vergingen dem *Kraken* die Sekunden und Minuten. Er wollte schon den Hebel ziehen und das Zeichen geben, musste seine Ungeduld aber noch zügeln.

Trampelnd und schleifend näherte sich jemand der Elektrozentrale. Der *Krake* drehte sich ruckartig zur Tür und verfluchte sich, weil er sie nicht abgeschlossen hatte. Die Tür wurde aufgerissen und Bannmorger stand vor ihm. Er konnte sich kaum noch aufrecht halten, und der sonst so feine Anzug klebte höchst unfein an seinem Körper. Auch seine Haare waren nass, und weil er kaum noch genug Luft bekam, musste er seine Hände auf den Knien abstützen. Beim Anblick des lächerlichen Kostüms verzog sich das schweißüberströmte, eingefallene Gesicht zu einem kurzen, bösen Lachen.

Die Rücklaufuhr zeigte eine Minute und vierzig Sekunden. Der *Krake* bewegte sich langsam zurück zur Steuerung der Flutlichtanlage. Diese letzten Sekunden würde er auch noch schaffen. Sein Plan durfte jetzt nicht mehr scheitern.

Als Klopfen und Schreien nichts nützten, begann Axel mit beiden Händen an der Klinke der Tür zu rütteln und zu reißen. Die Tür war nicht aus massivem Holz, sondern aus Aluminium. Axel kannte solche Türen, da er seinem Onkel beim Hausbau geholfen hatte und mit ihm gemeinsam Türen dieser Art eingesetzt hatte.

Die Wut stieg in ihm hoch, weil er auf Bannmorger hereingefallen war, und gleichzeitig mobilisierte sein Zorn die letzten Kraftreserven.

„Zur Seite!“ Er schubste Poppi und machte selbst einen Schritt von der Tür weg. Wie ein Karatekämpfer hob er das Bein und trat mit aller Wucht an die Stelle neben der Klinke.

Es donnerte heftig, die Tür wackelte, sein Fuß schmerzte, aber noch immer saßen sie in der Falle.

Ohne sich um den Schmerz zu kümmern, trat Axel ein zweites und drittes Mal zu, und schließlich nahm er von der Stirnseite des Raumes Anlauf und warf sich mit der Schulter gegen die Tür.

Es war wie ein Wunder. Die Tür hielt ihm nicht stand und das Schloss zerbarst. Der Spalt, den die Tür aufging, war breit genug, um sich seitlich durchzuschieben. Damit war für Poppi und Axel der Fluchtweg aus dem Betongefängnis frei.

Auf dem Gang sahen sie zuerst nach beiden Seiten.

„Erdeltal! Wir müssen ihn finden. Bannmorger ist hinter ihm her.“ Poppi formte mit den Händen einen Trichter und brüllte so laut sie konnte: „Herr Erdeltal? Wo sind Sie?“

Ihre Stimme hallte von den kahlen Wänden wider.

„Komm!“ Axel schüttelte sich, weil seine Muskeln noch angespannt waren, und rannte los.

Noch achtundfünfzig Sekunden.

Der *Krake* war auf gleicher Höhe mit der Steuerung der Lichtanlage. Er brauchte nur den Arm zu heben, und schon konnte er das Licht im Rhythmus blinken lassen, der seinen „Armen“ den Befehl gab, die Substanz an den vereinbarten Stellen freizusetzen. Dann wäre sein Plan vollendet.

Das erste Blinken, kurz vor dem Finalspiel, hatte die Helfer zu den Verstecken geführt, wo die Substanz für sie bereitstand. Der *Krake* hatte sie im Stadion auf verschiedenen Toiletten versteckt gehabt. Nicht einfallsreich, aber wirkungsvoll, und nur darauf kam es an.

Sechsundvierzig Sekunden.

Bannmorger wankte wie ein Zombie auf den *Kraken* zu.

„Du elende Wanze“, krächzte er mit einer Stimme, die nicht zu ihm zu gehören schien. „Du bist krank. Das hätte ich schon immer wissen müssen. Ein krankes Hirn hast du. Sonst würdest du nicht auf eine solche Idee kommen.“

Der Blick des *Kraken* ging immer wieder zwischen

Bannmorger und der Rücklaufuhr hin und her. Sie war bereits bei neununddreißig Sekunden angelangt.

„Du kommst aber nicht davon. Du zerstörst nicht mich, sondern dich."

Der *Krake* reagierte nicht, ließ ihn einfach reden, wurde aber unruhig, weil Bannmorger schon so nahe war. Er überlegte, ob er ihm einen Tritt versetzen sollte, hatte aber Angst, das Gleichgewicht zu verlieren. Nichts durfte geschehen, das seinen Plan noch zum Scheitern brächte.

Die Arme würden die Substanz bei den Gebäuden verschütten, der *Krake* selbst würde die Aufgabe am Stadion erledigen und danach flüchten.

Draußen klapperten Schritte über den glatten Boden. Es waren viele Schritte.

„Was macht ihr hier?", rief ein Mädchen.

„Bannmorger … er ist der Krake!", rief ein Junge.

Die vier Knickerbocker trafen gleichzeitig an der offenen Tür der Elektrozentrale ein.

Die letzten zwanzig Sekunden. Der *Krake* überlegte fieberhaft, wie er den Raum wieder verlassen konnte. Er musste raus und weg. Was mit den anderen geschah, war ihm völlig gleichgültig, doch er musste sich retten und für immer untertauchen, denn das hatte er vor. Man würde ihn für tot halten, dabei wäre er höchst lebendig, doch weit fort.

„Weg vom Schaltkasten!“, verlangte Lilo, doch der *Krake* zeigte sich wenig beeindruckt.

„Ablenken!“, zischte Axel den Freunden zu.

Dominik wusste zuerst nicht wie, und weil ihm nichts Besseres einfiel, winkte er mit beiden Armen und gab dazu blödsinniges Gebrabbel und Babylaute von sich.

Der *Krake* glotzte verwirrt durch die Löcher der Totenkopfmaske, um zu erkennen, was das Getue zu bedeuten hatte. Poppi hatte mittlerweile einge-

stimmt, genauso wie Lilo. Die drei Knickerbocker führten sich auf wie übermütige Kinder, die sich über Erwachsene lustig machten.

Axel kroch inzwischen auf Händen und Knien auf den Kraken zu.

Zehn Sekunden. Gleich war es so weit.

Der *Krake* hob die Hand, um nach dem Hebel zu greifen.

Bannmorger fluchte und trat nach Axel, weil er nicht verstand, was der Knickerbocker vorhatte.

Dadurch wurde auch der *Krake* auf den Jungen aufmerksam. Er konnte nicht mehr warten und riss am Hebel.

EIN ECHTER KNICKERBOCKER

Seine Finger aber berührten das Metall nicht. Sie bekamen es gar nicht zu fassen. Sie griffen in die Luft.

Wieso? Wo war der Hebel plötzlich?

Dieser Gedanke beschäftigte den Kraken noch, als ihm klar wurde, dass er stürzte. Ein schweres Gewicht hatte sich an seine Beine gehängt und sie zur Seite gerissen. Axel rollte sich ein und der Krake stolperte über ihn und fiel.

So schnell gab dieser aber nicht auf. Wie eine Feder schnellte er hoch und wollte an den Schaltkasten. Mindestens ebenso schnell aber waren Lilo und Poppi, die ihm den Weg abschnitten und sich gegen ihn warfen. Abermals stieß der *Krake* gegen den auf dem Boden zusammengerollten Axel und verlor das Gleichgewicht. Diesmal aber waren die vier Freunde schlauer und packten seine Beine. Sie rissen die Füße samt Schuhen in die Höhe, und jetzt nützte dem Kraken auch das Um-sich-Schlagen nichts mehr. Er wehrte sich erbittert, und selbst als jedes seiner Beine von zwei Knickerbockern umklammert wurde, gab er nicht auf. Die Freunde wussten, dass sie nur noch kurze Zeit durchhalten konnten.

Im Gang waren Schritte zu hören. Sie kamen näher. So laut sie konnten, riefen die Knickerbocker um Hilfe.

„Polizei! Was ist hier los?", tönte es hinter ihnen energisch.

Wie der letzte Schleier rutschte dem *Kraken* die Maske vom Gesicht und enthüllte, wer er wirklich war.

Stumm, fassungslos und völlig verwirrt starrten die Knickerbocker den Mann an, der da auf dem Boden lag.

Anita hielt den vier Freunden und Michael eine frisch aufgerissene, raschelnde Plastiktüte hin.

„Was Knuspriges?"

„Chips?", wollte Poppi wissen.

„Geröstete Ameisen!", sagte Anita.

Poppi zog die Hand zurück.

„In echt?"

„Sehr gesund. In Mexiko werden geröstete Ameisen im Kino verkauft wie bei uns Popcorn."

Die Bande erklärte, dass sie lieber Popcorn esse. Das aber hatte Anita nicht im Haus.

Die fünf saßen im Kreis auf dem Boden. Sogar Axels Mutter war dazugekommen, sie hatte sich allerdings auf einen Stuhl gesetzt.

„Bitte, sagt das noch einmal", verlangte Anita. „Wer ist dieser Krake?"

Lilo ließ sich kurz Zeit, weil es auch für sie noch immer absolut unfassbar klang. Schließlich sagte sie: „Erdeltal."

„Meine Eltern wollten es absolut nicht glauben", erzählte Michael.

Frau Klingmeier verstand auch nicht, wozu ein Bauunternehmer seine eigenen Gebäude zerstören wollte.

„Erdeltal ist arm wie eine Kirchenmaus", berichtete Dominik. „Bereits vor fünfzehn Jahren war er am Rande der totalen Pleite. Da er in der Stadt aber gerne den superreichen Partylöwen spielte, kam ihm das Angebot Bannmorgers sehr gelegen: Bannmorger war in seine Firma eingestiegen und hat ihm Hilfe angeboten."

„Diese Hilfe aber hat nach kurzer Zeit ihr wahres Gesicht gezeigt", fuhr Lilo fort. „Der Handel wurde streng geheim gehalten. Bannmorger hat Erdeltal jede Menge Dokumente unterschreiben lassen, und damit wirklich niemand davon erfuhr, sind nicht einmal Rechtsanwälte eingeschaltet worden. Der Bauunternehmer hat einen schweren Fehler begangen und erst viel zu spät herausgefunden, dass er sich mit Haut und Haaren an Bannmorger verkauft hatte. Nichts gehörte mehr ihm. Alles ging an Bannmorger. Wäre das bekannt geworden, hätte sich Erdeltal zum Gespött der Stadt gemacht. Seine Eitelkeit aber erlaubte das nicht, und so schuftete er weiter, nach außen als der große Bauherr und in Wirklichkeit wie ein Sklave für Bannmorger."

„War er deshalb so fies?", wollte Anita wissen, die genüsslich die gesalzenen Ameisen knusperte.

„Bestimmt. Aber heimlich plante er seit langem seine Rache. Er wollte Bannmorger ruinieren. Und zwar völlig!" Dominik stand auf und ging beim Reden auf und ab wie ein Lehrer vor der Klasse. „Er hat die Versicherungen aufgelöst, die die Baufirma abgeschlossen hatte, um im Fall von Schadenersatzforderungen für Baumängel und Fehler in der Konstruktion abgesichert zu sein. Ohne diese Versicherungen haftete der Eigentümer der Firma, der in Wirklichkeit ja Bannmorger hieß."

Axel fläzte lässig auf einem Webfell. „Erdeltals Plan

war es, die größten Bauten zum Einsturz zu bringen und es aussehen zu lassen, als wäre ein Fehler der Baufirma daran schuld. Er selbst sollte unter den Trümmern des Stadions begraben liegen. Nicht wirklich allerdings. Es sollte nur so aussehen und alle sollten es glauben. Daher hat er auch uns zum Stadion gelockt, als Zeugen sozusagen."

Poppi begann zu begreifen: „Uns wollte er also gar nichts antun. Deshalb hat er wohl auch mit allen Mitteln versucht, uns wieder nach Hause zu schicken, nachdem wir ihn im Stadion gesehen hatten."

„Super, Poppi, gratuliere zu deinem Scharfsinn!", warf Dominik mit leicht spöttischem Unterton ein.

Poppi war so damit beschäftigt, Klarheit in das Wirrwarr ihrer Gedanken zu bringen, dass sie Dominiks Bemerkung überhörte. „Und warum hat Bannmorger Axel und mich in den Keller gesperrt? Wer kann mir das erklären?"

„Ja, das frage ich mich auch", sagte Axel. „Ich kann mir nur vorstellen, dass Bannmorger begriffen hatte, dass es um Leben und Tod gehen würde und uns aus der Gefahrenzone bringen wollte. Da hat er uns eben zu unserem Schutz in den Keller gesperrt."

Frau Klingmeier wurde nachträglich noch ganz schlecht vor Angst, als sie all diese Einzelheiten hörte, und sie wollte gerade wegen des verbotenen nächtlichen Ausflugs zu einer Strafpredigt anheben, als Lilo schon sagte: „Der Schaden hätte viele Millionen, sogar Milliarden ausgemacht, und nach dem angeblichen Tod von Erdeltal hätte sich herausgestellt, dass Bannmorger der Eigentümer der Baufirma ist und haften muss. Er wäre finanziell ruiniert gewesen und natürlich persönlich auch. Erdeltal aber wollte sich ins Ausland absetzen, wohin er heimlich schon ein kleines Vermögen geschafft hatte."

Michael meldete sich zu Wort: „Sagt mal, diese Drohungen an José Gómez, sind die auch von ihm? Wenn die Antwort Ja lautet, kann es nur eine Art Ablenkungsmanöver gewesen sein. Nicht wahr?"

Dominik klopfte ihm anerkennend auf den Rücken. „Ich sage ab jetzt Kollege zu dir. So war es auch. Erdeltal hat dieses Theater mit den Stimmen aus der Vergangenheit der Familie Gómez begonnen, um eine falsche Fährte zu legen. Er hat wirklich alles getan, um jeden Verdacht von sich abzulenken."

Poppi dachte laut über das Erlebte nach: „Als die Polizei Erdeltal abgeführt hat, da hat er Bannmorger vor die Füße gespuckt und gesagt: Ich hasse …", sie ließ eine kleine Pause und ergänzte dann leise: „… mich! Er hat sich selbst total verachtet, weil er sein ganzes Leben durch viel Dummheit und Eitelkeit verpatzt hat."

Axel deutete mit der Schuhspitze auf Michael. „He, danke noch, dass du die Polizei alarmiert hast."

Verlegen grinsend zeigte Michael auf Frau Klingmeier. „In Wahrheit war es deine Mutter."

„Werde ich jetzt vielleicht in die Knickerbocker-Bande aufgenommen?", fragte Frau Klingmeier.

Ernst erwiderte Lilo: „Tut mir Leid, aber dafür sind Sie einfach schon etwas zu alt."

Frau Klingmeier nahm es mit Humor und lachte. „Da hörst du es, Anita. Vor gar nicht langer Zeit haben *wir* noch so gesprochen."

Feierlich trat Lilo vor Michael. „Danke! Du warst echt gut. Schade, dass du so weit von uns weg wohnst. Sonst wärst du wirklich ein gutes Mitglied in unserer Bande geworden."

Poppi bemerkte Michaels enttäuschtes Gesicht. „He, aber Michael wird auf jeden Fall Ehrenmitglied der Knickerbocker-Bande. Vielleicht ermitteln wir wieder einmal zusammen."

Energisch erhob sich Axels Mutter. „Kommt nicht infrage! Das war euer letzter Fall, ist das klar?"

Axel stand auf. „Tut mir Leid, Mami, keine Chance. Vier Knickerbocker ..."

„Fünf Knickerbocker", verbesserte ihn Poppi.

Im Chor stimmten alle ein: „... lassen niemals locker!"

DER KNICKERBOCKER-BANDENTREFF

Werde Mitglied im Knickerbocker-Detektivclub!
Unter www.knickerbocker-bande.com **kannst du dich als Knickerbocker-Mitglied eintragen lassen. Dort erwarten dich jede Menge coole Tipps, knifflige Rätsel und Tricks für Detektive. Und natürlich erfährst du immer das Neueste über die Knickerbocker-Bande.**

Hier kannst du gleich mal deinen detektivischen Spürsinn unter Beweis stellen – mit der Detektiv-Masterfrage, diesmal von Lilo:

HALLO KOLLEGE!

Also erst mal, damit wir uns richtig verstehen: Ich finde Fußball genauso langweilig wie Poppi. Und zu Axel mit seinen ganzen Fähnchen und Tröten kann ich nur sagen: oberpeinlich. Aber das Spiel war dann ja sowieso Nebensache, nachdem ich diese Drohbriefe im Büro der Stadionleitung gefunden hatte. Und als Axel und ich dann auch noch über die einbetonierte Leiche im Keller des Stadions gestolpert sind, musste ich der Sache einfach auf den Grund gehen.

Hab ich ja auch getan. Trotzdem:
Ich bin immer noch fassungslos darüber,
wer hinter dem Decknamen Krake steckte.
Aber gut. Hier nun die Frage für dich.
Welche Farbe hat die Rose im Wappen
der Familie Duarte?

Die Lösung gibt's im Internet unter
www.knickerbocker-bande.com
Achtung: Für den Zutritt brauchst du einen Code.
Er ergibt sich aus der Antwort auf folgende Frage:

In welcher deutschen Stadt findet das Eröffnungsspiel
der Fußball-Weltmeisterschaft 2006 statt?

Code	
49670	Berlin
47096	München
96704	Stuttgart

Und so funktioniert's:
Gib jetzt den richtigen Antwortcode auf der Webseite
unter **MASTERFRAGE** und dem zugehörigen Buchtitel ein!

Tschau, tschau
deine

Lilo

Ravensburger Bücher

Diese Abenteuer von der Knickerbocker-Bande sind bereits erschienen:

Habe ich	Fehlen mir		ISBN 978-3-473-
○	○	Rätsel um das Schneemonster	47081-5
○	○	Das Phantom in der Schule	47082-2
○	○	SOS vom Geisterschiff	47100-3
○	○	Die Rache der roten Mumie	47085-3
○	○	Im Wald der Werwölfe	47087-7
○	○	Das Haus der Höllensalamander	47083-9
○	○	13 blaue Katzen	47084-6
○	○	Die rote Mumie kehrt zurück	47091-4
○	○	Das Phantom der Schule spukt weiter	47092-1
○	○	Der unsichtbare Spieler	47093-8
○	○	Der Schrei der goldenen Schlange	47097-6
○	○	Der Schatz der letzten Drachen	47094-5
○	○	Das Internat der Geister	47095-2
○	○	Der Computerdämon	47098-3
○	○	Der Turm des Hexers	47088-4
○	○	Das Amulett des Superstars	47124-9
○	○	Wenn der Geisterhund heult	47089-1
○	○	Das Mädchen aus der Pyramide	47090-7
○	○	Spuk im Stadion	47096-9
○	○	Im Bann des Geisterpiraten	47099-0
○	○	Die Monstermaske der Lagune	47125-6

www.knickerbocker-bande.de

Ravensburger

HC_06_072

DIE KNICKERBOCKER BANDE

LESEPROBE

Die beiden Knickerbocker standen da und ließen ihre Blicke durch den Raum gleiten.

„Hallo, Geist“, hauchte Axel scherzhaft.

„Wie witzig“, schnauzte ihn Dominik an.

„Hast du etwa Angst?“

Erst nach einer kurzen Pause antwortete Dominik: „Ich kann mir nettere und gemütlichere Orte vorstellen.“

Das Grau, das in dem kalten Raum lag, schien sich wie Nebel zu verdichten. Beide Jungen schauderten gleichzeitig, sahen einander an und mussten dann grinsen.

„Sollen wir noch warten, ob er sich zeigt?“, fragte Axel.

„Du wartest und ich gehe zurück ins Bett!“, schlug Dominik scherzhaft vor.

Axel schnitt ihm eine Grimasse und machte kehrt. Als sie auf den Flur traten und auf ihr Zimmer zusteuerten, hörten sie erschrockenes Keuchen und das Klappern einer Tür. Eine Person musste sich in der Nähe befinden, war aber nicht zu sehen.

„Zurück!" Axel zog Dominik am Pyjamaärmel in eine tiefe Türnische. Gerade noch rechtzeitig, denn um die Ecke taumelte Herr Roth. Die Hand hielt er ans Herz gepresst, als müsse er es daran hindern herauszuspringen.

Die Knickerbocker hörten das Klicken eines Feuerzeuges und einen tiefen Atemzug. Der Rauch einer Zigarette schwebte durch die Luft. Nachdem Herr Roth mehrere Male kräftig daran gezogen hatte, wurde er von einem Hustenanfall geschüttelt und rettete sich in das Badezimmer der Jungen.

„Komm!" Den Blick auf die Badezimmertür geheftet, steuerte Axel rückwärts in die Richtung, aus der der Kunstlehrer gekommen war. Die Jungen gelangten in einen schmalen und niedrigen Gang. Eine weiß gestrichene Tür stand offen.

Stumm deutete Dominik darauf. Ein bläulicher Lichtschimmer schwebte wie eine Qualle an der Innenseite der Tür auf und nieder. Er pulsierte, verformte sich, schien dünne Arme zu bekommen, dann wieder kugelig und dick zu werden.

„Geh du!“ Axel stieß Dominik mit dem Ellbogen an und deutete mit dem Kopf auf die Tür.

„Feigling!“, zischte Dominik, holte tief Luft und setzte Fuß vor Fuß. Sofort war Axel wieder an seiner Seite. Den „Feigling“ ließ er auf keinen Fall auf sich sitzen.

Die Jungen hatten die Tür erreicht. Langsam beugten sie sich vor, um in das Zimmer zu sehen.

Gleichzeitig zuckten sie erschrocken zurück, sahen sich gegenseitig fassungslos an. Gleich darauf spähten sie wieder um die Ecke.

Beiden blieb der Mund vor Staunen offen.

Beide spürten, wie sich ihre Fäuste ballten.

Beide bissen sich auf die Unterlippe, um nicht zu schreien.

Im Zimmer saß ein Geist. Er hockte auf dem Schreibtischstuhl und hatte eine Hand lässig auf die Computertastatur gestützt. Sein Gesicht war zur Tür gedreht und zu einem Grinsen verzogen, das etwas Teuflisches hatte.

„Die Finger“, hauchte Dominik.

Axels Augen wanderten über eine Jacke, wie sie Jungen vor hundert oder mehr Jahren getragen hatten, zu Rüschenmanschetten und den kalkweißen Händen. Durch die Haut konnte man die Tasten mit den Buchstaben darauf erkennen. Die Hand war durchscheinend. Und nicht nur das: Sie bewegte sich. Die Finger trommelten ungeduldig, als würde der Junge auf etwas warten.

Der Lichtschimmer an der Tür ging von der geisterhaften Erscheinung aus. Die Beine übereinander geschlagen saß sie da und blinzelte sogar mit den Augen.

„Der … der hat uns zugezwinkert", erschrak Axel.

Die Jungen hatten das Gefühl, von einer frostigen Hand gepackt zu werden. Axel richtete sich auf und sah auf das Namensschild an der Wand neben der Tür.

René Roth stand darauf. Der Kunstlehrer selbst wohnte also hier. Wieso war der Geisterjunge bei ihm aufgetaucht?

Axel erinnerte sich bruchstückhaft an das, was er in den Büchern von Tante Fee gelesen hatte: Man konnte Geister ansprechen und fragen, was sie wollten. Aber wie sollte er das schaffen? Seine Knie trugen ihn kaum und seine Zunge klebte trocken wie Löschpapier am Gaumen.

Er musste es wagen. Jetzt war die Gelegenheit dazu! Wer wusste, wann dieser Geist je wieder auftauchen würde? Axel machte einen Schritt nach vorn und starrte dem Geisterjungen in die dunklen, toten Augen. Sein Mund ging auf und zu, ohne dass ein Wort herauskam. Erst nachdem er sich kräftig geräuspert hatte, schaffte er es zu fragen: „Wer bist du und was … was willst du hier?“

Die Folge war unerwartet und deshalb umso schrecklicher. Der Junge begann auf einmal heller zu leuchten, wie eine Lampe, die man stärker gedreht hatte. Sein Körper wurde voller und runder, als würde ihn jemand aufpusten. Der Geist wuchs innerhalb von Sekunden bis zur Zimmerdecke. Das Gesicht verzog sich zuerst zu einer grässlichen, dämonenhaften Grimasse. Dann aber begann es sich aufzulösen, bis bleiche Knochenstücke zum Vorschein kamen. Die Kiefer, in denen verfaulte Zähne steckten, öffneten sich immer weiter, wie das Maul einer Würgeschlange, die ihre Beute im Ganzen verschlingen will. Mit einem Schnappen stürzte sich der Geist auf Axel.

Auszug aus
„Das Internat der Geister“
von Thomas Brezina
Krimiabenteuer Nr. 57
ISBN 978-3-473-47095-2